AF409107

Sedición I

Desobediente

Para mi hermana

Los días no serían lo mismo
sin ti. Te adoro.

La desobediencia es el verdadero fundamento de la libertad, los obedientes deben ser esclavos.

(Henry David Thoreau)

Carolina T. Perinetti

Prólogo

Mis manos y rodillas ya estaban acostumbradas a esta posición. Mis cuatro extremidades en el piso, como un perro pidiendo clemencia a su amo. Él me observaba mientras buscaba los "utensilios" que emplearíamos en esta ocasión, le encantaba hacerme esperar en esta posición ya que podía observar lo que más le gustaba de mi cuerpo: mi trasero. Puso frente a mí un antifaz, la bola para amordazarme, la fusta más delgada, un paño y agua con hielo.

Cuando entraba a su habitación me convertía en una sumisa, la que debía ser obediente y no decir palabra alguna a menos que él lo autorizara o exigiera una respuesta. Aunque ya habían pasado unos cuantos meses desde que practicábamos, todavía me ponía nerviosa cuando veía lo que utilizaría en mí. Miré el piso para disimular mis sentimientos mientras él se arrodillaba frente a mí para ponerme el antifaz (adiós sentido de la vista), luego colocó la bola en mi boca y amarró la cinta en mi nuca (adiós capacidad de hablar). Acarició mis brazos con las yemas de sus dedos, podía sentir su respiración en mis labios, mi entrepierna se estremecía de miedo y a la vez placer. Dejé de sentir su presencia, eso me ponía ansiosa y nerviosa, sentimientos tan opuestos que podían apretar mi estómago y secar mi boca.

La fusta dio con fuerza en mi trasero, un grito escapó de mi garganta, pero disminuyó su sonido gracias a la bola. Una vez más golpeó con fuerza, ahora un poco más abajo, casi llegando a mi parte íntima. Tomó mi cabello en una cola y lo jaló con fuerza, golpeó mi nalga derecha y presionó su erección contra mi trasero, la sensación de placer me hizo estremecer.

—Te has portado bien, Katy. Eres una buena chica —sus labios rozaron mi espalda como dando pequeños besos—. Solo dos más y terminamos.

La fusta golpeó con más fuerza en mi nalga izquierda, el grito desgarró mi garganta y mis ojos se llenaron de lágrimas. Daniel entreabrió un poco más mis piernas y pasó sus manos desde mi clítoris hasta mi cola, gemí de placer mientras él susurraba en mi oído lo lubricada que estaba. Me dio el último golpe, mi espalda se encorvó de dolor y goce. Dejé de sentir la presencia de mi amo, luego escuché como caía el agua y entonces lo imaginé remojando el paño y escurriendo el exceso de líquido helado; lo puso en cada lugar que había golpeado para aliviar mi dolor.

Quitó el antifaz y la bola de mi boca, su sonrisa fue lo primero que logré ver. Me tomó con fuerza de ambos brazos, seguro me dejaría hematomas, pero ya estaba acostumbrada. Puso mi cuerpo sobre la cama en la misma posición y me folló duro. Gemí de placer, disfrutando al sentir cómo su pelvis chocaba con mis muslos.

En ocasiones guardaba silencio para escuchar sus graves y bajos quejidos, pero otras veces no podía contenerme y gritaba tan fuerte que de seguro todos los vecinos nos escuchaban. El primer orgasmo fue muy leve, pero cuando me puso sobre él tuve un segundo orgasmo potente, delicioso. Olvidé todo en ese momento, mis problemas, mi angustia, mi sufrimiento. Daniel me hacía olvidar hasta lo grave que era mi enfermedad y su rápida progresión, con él me sentía sana y libre. Era la mejor medicina.

Capítulo 1

Cuando nuestro gato murió, lloré por tres días. Sentía un vacío y extrañaba cómo arañaba mi puerta para entrar. Luego de dos semanas mi madre trajo otro a casa, entonces ya no estaba el vacío y me encariñé con la nueva mascota… Ahora sentía un vacío mucho más grande, lloraba cuando la recordaba, otras veces las lágrimas salían solas, como si mi cerebro tuviera un cronómetro y supiera que cada cierto tiempo debía llorar. Mi madre no podía comprar otra hermana y traerla a casa para que yo llenara ese vacío en mi corazón. Y, si lo hiciera, no resultaría.

Miré por la ventanilla, las nubes se paseaban entre las alas del avión, era como si se enredaran en ella y luego la dejaran libre. Mi madre nos decía que cuando alguien muere se queda en el cielo, en las nubes junto a Dios, pero mi hermana había cometido el pecado más grande para los cristianos: manipular la hora de su muerte. Después que nuestro padre falleció en un accidente, renuncié a Dios y preferí no creer en nada divino, así que para mí ella solo está muerta, no está en el infierno ni en la tortura eterna, solo murió.

La azafata nos pidió abrochar los cinturones para iniciar el aterrizaje. El hombre que estaba a mi lado tuvo dificultades para realizar la acción, pero cuando vino la chica a ayudarlo y le miró los senos, llegué a la conclusión de que solo fingía. Suspiré notoriamente para que el idiota se percatara de que me había dado cuenta de su perversión, pero no despegó los ojos de su objetivo. Preferí dejar de prestar atención y mirar cómo el avión descendía y llegaba a tierra.

El viaje de Puerto Montt a Santiago en bus era agotador y demoroso, pero en avión era bastante cómodo y rápido. Eso era lo que necesitaba: rapidez. Mi hermana no podía esperar mucho más, su cuerpo se descomponía y debía ser sepultada. Una lágrima recorrió mi mejilla al darme cuenta de lo fría que estaba siendo, ¿cómo podía pensar que su cuerpo se estaba pudriendo?

—¿Te sientes bien? —el hombre me miraba fijamente.

Asentí y sequé la lágrima para que la sonrisa se viera más real.

—¿Quieres que te ayude? —posó su mano en mi pierna y sonrió de una manera que no me gustó.

Quité su extremidad rápidamente y lo observé con desprecio, con esa mirada que podía hacer arder el mundo.

—No vuelvas a tocarme.

Él hizo como si jamás me hubiera hablado y miró hacia el pasillo.

La azafata nos informó que ya podíamos descender y nos deseó un excelente día. Tomé mi bolso de mano y me moví hasta la salida para recoger mi maleta.

Elías, mi padrastro, me esperaba con un rostro sin expresión. No éramos sus hijas, no le tenía por qué afectar la muerte de Katherine, pero quizás sí le dolía y solo trataba de ser fuerte para contener a mi madre. Cuando lo imaginé como un pilar para ella, no pude resistirme a abrazarlo y llorar en su pecho. Él no dijo palabra y solo acarició mi cabello para tratar de consolarme.

El viaje a casa se me hizo eterno, mucho más que las horas en el avión. Supongo que solo quería llegar, que Katherine me abriera la puerta y que todo hubiera sido un sueño, pero no fue así. Mi madre abrió y trató de sonreír al verme, pero fue inútil, el ver mi rostro le recordaba a su otra hija, la que estaba en un ataúd siendo velada en el centro de nuestra sala.

—Creí que la llevarías a un velatorio —ni siquiera pude decir hola. Estaba furiosa.

—Natalie, por favor. Quería tenerla en casa.

Iba a objetar, pero sus ojos estaban llenos de lágrimas, al igual que los míos. La abracé, desde el Año Nuevo que no lo hacía y ya estaba olvidando lo cálido y reconfortante que podía ser su pecho.

—Es mi culpa, mamá —dije entre sollozos—. No estuve aquí cuando me necesitó.

—Claro que no. Katherine no estaba bien —tomó mi rostro entre sus manos y besó mi frente—. Ahora está descansando.

Agarró mi mano y me llevó hasta mi hermana, pero me detuve antes de tocar las flores que estaban a su alrededor. No quería verla en ese estado: maquillada y aun así pálida, con los ojos cerrados como si durmiera durante la eternidad y con un hematoma alrededor del cuello.

—Quiero quedarme con otro recuerdo de ella —dije en voz baja.

Mi madre asintió y soltó mi mano para acercarse a mi hermana. Cuando me volteé me percaté de la cantidad de gente que había: amigos, familia, vecinos… Muchos se acercaron para abrazarme y darme el pésame, mencionando que mi hermana había sido una mujer increíble y que seguro recibiría el perdón de Dios. Todos intentaron disimular el miedo que sentían al verme, pero lo podía sentir en sus palabras temblorosas: era como ver el fantasma de Katherine.

—Naty —su voz aguda era inconfundible, solo podía ser Jocelyn. Sus ojos azul cielo estaban llorosos y su mandíbula inferior temblaba.

Me puse de rodillas y la abracé con fuerza para que llorara tranquila en mi pecho. Era tan pequeña para pasar por algo como esto, ¿cómo le explicas a una niña de ocho años que su hermana no volverá a despertar?

—La extraño mucho —apenas podía escucharla entre su llanto desconsolado.

—Yo también —dije con un nudo en la garganta.

Esa noche no pude dormir pensando que Katherine estaba abajo y que cuando despertara seguiría estando ahí, sin moverse, fría, sin alma. Cuando lloraba, mis ojos se sentían tan cansados que lograba dormir un poco, pero a la hora aproximadamente despertaba asustada por las pesadillas.

Era mi culpa: ella me había pedido que volviera, que me necesitaba y que solo confiaba en mí. Pensé que era una de sus crisis y que pronto se le pasaría, pero decidió terminar con su vida.

Si la hubiera escuchado, si hubiera estado cuando ella me necesitó, estaría viva. Grité tan fuerte que mi garganta se desgarró, pero nadie me dijo nada ni en la noche ni a la mañana siguiente mientras trataba de tomar el vaso de leche que mi madre me había servido, solo para darle el ejemplo a Jocy.

—Está buena —fingí una sonrisa—. Pruébala tú.

—No tengo hambre, quiero estar con Katy —sus ojos se llenaron de lágrimas.

Tomé su mano y la apreté para darle mi fuerza.

—Ella se enojaba cuando no te tomabas la leche —le susurré para que mi madre no escuchara.

—Decía que no iba a crecer.

—Exacto. Bébela toda, para que seas grande y fuerte —dio unas leves risas y se empinó el vaso.

Acompañé a mi hermanita para que estuviera un rato con Katherine y la viera por última vez antes de que cerraran su ataúd y la llevaran hasta el cementerio. Muchos vehículos siguieron la carroza y se vio reflejado en toda la gente que había alrededor de mi hermana. El cura de la iglesia a la que asistía mi madre hizo una misa y nos pidió que oráramos para que Dios perdonara a mi hermana y la tuviera en su gloria.

—Natalie —me sorprendió cuando dijo mi nombre—. ¿Quieres dedicarle unas palabras a tu hermana?

Todos me miraban esperando una respuesta y mi madre me alentó a caminar hacia el podio. Miré el ataúd y luego a cada persona que acompañaba a Katherine.

—Dicen que entre gemelos siempre hay uno malvado... Katy era la buena —mi madre sonrió y las lágrimas corrieron más rápido por sus mejillas—. De pequeña quiso hacer algo por el mundo, quería ayudar, hacer una diferencia en el vivir de las personas, así que no me extrañó cuando me dijo que quería ser enfermera, estar ahí para el que la necesitara, y de seguro lo hubiera hecho de maravilla —tragué saliva para aguantar el llanto, provocando dolor en mi garganta—. Los últimos dos años ella no estaba bien... —pausa. Todos me miraban—, pero espero que cada uno de ustedes se quede con lo mejor de ella. Si están aquí es porque la aprecian, porque ella hizo algo por ustedes o porque cambió sus vidas de alguna manera. Esa Katy es la que debe ser recordada.

Volví a mí puesto rápidamente y contuve las lágrimas hasta que estuve segura de que las miradas ya no estaban sobre mí.

El padre clamó: *Que Dios la tenga en su gloria,* y el ataúd comenzó a descender. Nunca más la volvería a ver y ni siquiera le había dicho adiós o lo mucho que la quería. *Perdóname,* susurré, pero sabía que jamás obtendría respuesta.

No pude controlarme, lloré desconsoladamente, sin vergüenza, no hablaría más con mi gemela así que tenía justificación para llorar. Toqué mi cadena que tenía una letra

N, en ese momento recordé que mi madre había olvidado ponerle la suya. Cuando desperté, me dirigí a la ducha y pasé por la habitación de Katy, la puerta estaba entreabierta y fue entonces cuando logré ver su cadena sobre la mesita de noche.

—¡Esperen! —grité mientras me acercaba velozmente al agujero.

Un coro de voces gritó mi nombre, pero no hice caso. Me quité la cadena lo más rápido que pude y la besé con todo mi amor.

—Te quiero, hermana —la dejé caer sobre el ataúd.

Elías me tomó de los hombros y me apartó del lugar, me abrazó para que llorara un poco más. Me acomodó en una silla para dejarme descansar, era como si escuchara mi mente gritando lo agotada que se sentía de esto.

Todos los asistentes se acercaron, uno por uno, para darnos un fuerte abrazo y dedicarnos sus mejores palabras: *Llámame si necesitas algo…, las puertas de mi casa están abiertas…* Emily, la mejor amiga de Katy, se acercó sin decir ninguna de esas frases vacías, solo me abrazó con fuerza y rompió en llanto en mi hombro.

—Yo también la voy a extrañar —dije como respuesta.

Rió entre lágrimas, las cuales secó con un pañuelo cuando se separó de mí. Nos miramos por algunos segundos hasta que ella desvió la mirada.

—¿Por qué lo hizo? —le pregunté sin pensarlo.

Cerró los ojos y respiró profundo, sus labios se movieron formando un *no sé* sin emitir sonido. Pasaron algunos minutos antes de que volviera la mirada hacia mí y confesara.

—No la veía hace semanas, no confiaba en mí. Aunque traté de visitarla, solo decía que me iba a burlar de ella —secó sus lágrimas antes de que salieran.

Los recuerdos inundaron mi mente: cuando estaba en Puerto Montt hablaba por webcam con Katherine todos los días sin falta. Hace unas semanas lloraba desconsoladamente frente al computador, decía lo mucho que me extrañaba, quería que volviera a casa a vivir con ella, que solo confiaba en mí. *Te necesito conmigo...* esa frase rebotó en mi cabeza.

Las lágrimas recorrieron mis mejillas sin previo aviso, volví a abrazar a Emily y la vi marcharse en el auto de sus padres. Ella había sido una buena persona con Katherine, lástima que en sus últimos momentos ni siquiera confiara en su mejor amiga.

Un hombre alto estaba abrazando a mi madre, le decía que debía ser fuerte por su hija pequeña y que él siempre estaría al pendiente de nuestra familia, ella tomó sus manos y le agradeció por todo mientras él asentía. Su mirada se desvío hacia mí, sus ojos se abrieron por la sorpresa, pero supo disimularlo muy bien, besó a mi madre en la mejilla y se acercó a mí con una expresión seria.

—Hola, Natalie —se agachó para quedar a mí altura y mirarme a los ojos—. Soy el doctor Ferrer —dijo con un tono de voz más despacio.

Era joven, alto, con una mirada profunda, oscura y fría, tal y como Katherine lo había descrito: guapo.

—Siento mucho lo que sucedió —sacó un pañuelo de su bolsillo y lo pasó por mis mejillas, secando mis lágrimas.

Asentí sin poder decir algo. Él había intentado salvar a mi hermana, pero… no lo consiguió.

—Quiero que sepas que, si quieres hablar con alguien, si estás angustiada o algo así, no dudes en llamarme —me entregó una tarjeta y cerró mi mano con la suya—, no solo como médico, también como amigo —sonrió solo para aparentar, no había que ser adivina para saberlo. Se acercó a Elías para saludarlo y dedicarle unas palabras también.

Miré la tarjeta que había puesto en mis manos, salía el número de su oficina, su celular y la dirección de su consulta, además de su nombre: Daniel Ferrer, psiquiatra.

Capítulo 2

Me miré al espejo mientras acomodaba la cadena en mi cuello. Si tuviera el cabello negro azabache luciría idéntica a Katherine, pero yo prefería mi color cobre natural.

Cuando niñas éramos como dos gotas de agua, a mamá le encantaba vestirnos igual y que lleváramos el mismo peinado, parecíamos el reflejo de la otra. De adolescentes, tomamos estilos diferentes y nuestras personalidades se hicieron cada vez más opuestas, éramos la misma por fuera, pero por dentro ella era Katherine y yo Natalie. Pese a estas diferencias éramos muy unidas y confiábamos la una en la otra, no nos ocultábamos secretos, nos apoyábamos y nos consolábamos mutuamente cuando nuestro padre falleció, algo difícil para dos niñas de doce años.

Las lágrimas recorrieron mis mejillas y lograron que mi reflejo luciera triste, sin esperanza, sin su otro yo, sin su hermana.

Toqué la K de la cadena y comencé a recordar.

—Te tengo un regalo —dijo Katherine mientras entraba a mi habitación con las manos en su espalda—. Si piensas bien, nuestros apodos solo difieren en una letra, así que compre esto —me mostró las cadenas, una con una N y la otra con una

K—. Si las dos tenemos nuestras diferencias fuera, entonces somos iguales —rió por su enredado acertijo.

Teníamos dieciséis años, su regalo nos unió más e hizo que nuestra relación fuera indestructible.

En su mesita de noche se encontraba la foto que nos habíamos tomado ese día del paseo a la playa: ambas con una sonrisa radiante y el mar de fondo. Recordé el sonido de las olas y nuestras risas en una guerra de agua, éramos felices, Katherine aún era feliz.

Tengo psicosis paranoica. Escuché como su voz hacía eco en mi cabeza con esa frase.

—Naty —Jocelyn estaba en el umbral de la puerta, no me había percatado de su presencia.

Le sonreí y le hice un gesto para que entrara, pero no se movió. Estaba muy asustada, pálida y con los ojos llorosos. Llevó su mirada a un punto del techo donde se encontraba un gancho, entonces lo entendí todo.

—Lo vamos a sacar, ¿sí? —me acerqué a ella y la abracé.

—Ese día fuimos donde mis abuelos. Le rogué a Katy que nos acompañara, pero ni siquiera abrió la puerta —explotó en un llanto desconsolado que incluía gritos de rabia.

Acaricié su cabello para intentar calmarla y que se relajara un poco, contuve las lágrimas para mostrarme fuerte y asegurarle que todo estaría bien. Mi madre nos observaba desde las escaleras, sus ojos estaban llenos de lágrimas y en sus manos sostenía el juego de llaves de nuestra casa.

Llevé a Jocy a su habitación para que durmiera un poco, eran las cuatro de la tarde, pero le haría bien descansar y soñar con cosas de niñas. Cuando salí, mi madre me esperaba, aún tenía los ojos llorosos e intentó fingir una sonrisa.

—Es mejor que la habitación de Katherine permanezca cerrada —dijo mientras guardaba las llaves en su bolsillo—. No quiero que sea más duro para tu hermanita.

Asentí sin mirarla a los ojos. Quería revisar todas las cosas de mi hermana para sentirme cerca de ella, pero mi madre tenía razón.

—¿Ella la encontró? —dije en voz baja, pero en un tono suficiente para que mi madre escuchara.

—Cuando llegamos subió corriendo las escaleras para ver a Katy, abrió su puerta y... —respiró profundo y empuñó la mano para controlar su enfado— no debí dejar que ella viera eso.

Me acerqué y la abracé con fuerza, le dije que no podía controlar el destino, que las cosas ya habían sido así y que ahora debíamos preocuparnos por Jocelyn, que solo era una niña.

—Se la quitó antes de hacerlo —dijo mirando la cadena que colgaba de mi cuello—. La dejó sobre su mesita de noche, junto con esto... —sacó de su bolsillo un papel que me entregó con nerviosismo antes de darme la espalda y bajar a la cocina.

Abrí el papel. Era una hoja de cuaderno arrancada, por sus bordes se notaba que no había sido con delicadeza.

Decía solo una palabra: Perdón.

¿Es para mí? Lo había dejado junto con la cadena, así que podía asumir que sí.

Tomé mi celular y unos lentes de sol, mis ojos estaban adoloridos por tanto llorar y la luz solar les haría daño. Quería respirar, sentía que las paredes de mi antiguo hogar me asfixiaban, así que caminé por las calles que me traían tantos recuerdos. Llegué a la plaza donde Katherine y yo nos divertíamos de niñas. Me senté frente a los columpios que ocupábamos por horas y que, cuando nos volvimos mujeres, usábamos para conversar sobre nuestras vidas, la última vez había sido para las fiestas de fin de año.

Nuestros columpios se movían de forma contraria, una leve brisa removió el cabello de mi hermana, pero rápidamente se lo acomodó. Me estaba contando un poco de la terapia que realizaba con el doctor Ferrer, que hablar con él la ayudaba a darse cuenta de lo que era real y lo que no, además de los medicamentos que la mantenían relajada por el día y completamente dopada por las noches.

—¿Se lo cuentas todo? —dije mientras miraba las estrellas que brillaban de una manera especial.

—Casi todo. Hay cosas que no estoy segura de si son reales, esas se las cuento para que él me oriente, pero hay otras que por más que me digan que son falsas yo las siento reales —detuvo bruscamente el columpio y suspiró—. Mi realidad es que todos me quieren hacer daño, aunque mamá me grite que es una mentira, que estoy equivocada.

Me puse de pie y la abracé con fuerza, besé su frente y acaricié su larga cabellera. Le sonreí y volví a abrazarla para que se sintiera segura conmigo.

—Con el tratamiento te sentirás mejor —susurré.

—¿Y… si jamás me recupero? —su voz se quebró.

—Lo lograrás —me separé de ella para mirarla a los ojos—. Sé que puedes.

—Eres mi gemela, Naty. Confío en ti como confío en mí —me sonrió y se aferró a mí como una niña pequeña.

Sus palabras no tenían mucho sentido en ese momento, pero cuando volví a Puerto Montt lo entendí todo. Ella estaba evolucionando demasiado rápido y ya no confiaba en nadie más que en sí misma y, por ende, en mí. Si hubiera viajado como ella me lo pidió, no solo hubiera impedido su muerte, sino que también sabría por qué lo hizo, qué era lo que la angustió tanto como para creer que no existía otra solución.

El celular vibró con fuerza en mi bolsillo, lo suficiente como para sacarme del trance. Miré la pantalla y se trataba de mi jefe, ya había faltado tres días al trabajo y de seguro quería saber hasta cuándo se extendería mi duelo.

—¿Cómo está, señorita Bórquez? —dijo de manera amable.

—Mejor, gracias —recordé que cuando estaba en la oficina y me llamaron para avisarme de la muerte de mi hermana rompí en llanto, me dejé caer y cubrí mi rostro con ambas manos mientras daba gritos de dolor.

—Le ofrezco mi más sentido pésame y pedirle que vuelva cuando usted se sienta cómoda, su puesto estará aquí esperándola.

—Muchas gracias, señor Garrido —dije con un hilo de voz.

—Cuídese. Hasta luego.

—Hasta luego.

La llamada me recordó que en algún momento debía volver a la realidad, dejar a mi familia y viajar a Puerto Montt, dormir en mi departamento y trabajar de lunes a viernes por un sueldo gratificante. Hace seis años que vivía lejos de mi madre y hermanas. Me dolía, pero tenía fuertes razones o al menos así era cuando tenía diecisiete años y quería escapar de mis errores.

Llegué a casa, mi madre estaba lavando los platos de la cena, Jocelyn la acompañaba con una gran sonrisa y Elías veía el resumen de los deportes en la televisión. Ya estaba oscureciendo, no me percaté hasta que vi todas las luces encendidas. Me habían guardado un trozo de tartaleta en el refrigerador, pero no tenía hambre así que solo tomé un vaso de jugo bien helado.

—Mañana iré al colegio —me dijo Jocy con una gran sonrisa.

—¿Estás segura? No tienes que ir si te sientes incómoda.

—Extraño a mis amigos y no me quiero atrasar con las clases —era como escuchar a una universitaria preocupada.

—Ya deberías estar en la ducha —le dijo mi madre mientras terminaba de ordenar la cocina.

Le hice un gesto para que subiera rápidamente y preparara sus cosas. Ayudé a mi madre a guardar toda la vajilla que se había ocupado y barrí el piso para que se viera más limpio.

—Se distraerá —dijo mi madre repentinamente—. No quiero que este aquí en la casa pensando en lo sucedido.

Asentí de manera fría, no tenía ganas de sonreír falsamente ni de mostrar algún sentimiento.

—Volveré a la pastelería mañana. También necesito distraerme.

—Sí —las palabras parecían no salir de mi boca, se sentía extraño.

—¿Qué pasa? —si no fuera la mujer que me dio a luz, pensaría que es una bruja.

—Yo también debo volver a mi vida, a Puerto Montt —esta vez posé la mirada en ella. Su expresión cambió radicalmente.

—¿Nos dejarás... otra vez?

—Tengo una vida allá, un hogar, un trabajo...

—Pero te será fácil encontrar trabajo aquí en Santiago, por mientras puedes vivir con nosotros. Tu habitación está intacta, a mí no me molesta y a Elías tampoco.

—Tengo que irme.

—¡No! —Jocelyn corrió rápidamente hacia mí y me abrazó con fuerza—. ¡Por favor no te vayas, no me dejes! —sus ojos se llenaron de lágrimas y ocultó su rostro en mi estómago.

Acaricié su cabellera y miré a mi madre que pronunciaba un: *No te vayas*.

Me acerqué a Jocy para secar sus lágrimas y dedicarle una sonrisa. No quería mentirle ni ilusionarla diciendo que me quedaría junto a ella.

—Lo pensaré —susurré antes de besar su frente con ternura.

Acompañé a mi hermanita para que tomara una ducha antes de irse a la cama. Esperé a que se durmiera y apagué la luz de su habitación, deseándole dulces sueños.

Le dije a mi madre que pensaría lo de quedarme, pero que no prometía nada, ya que mi vida estaba totalmente realizada en Puerto Montt.

Me di una larga ducha para relajarme, me miré al espejo mientras secaba mi cabello y mis ojos se llenaron de lágrimas, voy a tener que evitar ver mi reflejo o dejar de recordar a Katherine cada vez que lo haga, aunque era más fácil lo primero. Me acomodé en mi cama y dejé la lámpara encendida, estaba segura de que pronto despertaría con alguna pesadilla. Cerré los ojos por algunos minutos antes de que tocaran mi puerta. Miré la hora, eran casi las doce, me extrañó un poco que alguien estuviera despierto a esta hora si todos tenían que hacer sus labores temprano. Abrí la puerta y me encontré con Jocelyn, estaba asustada y abrazaba su osito con fuerza, la dejé entrar.

—¿Puedo dormir contigo? —dijo en voz baja.

—¿Pesadillas? —la comprendía a la perfección, lo malo es que yo no tenía a mi hermana mayor para consolarme.

—Es que… —miró hacia la puerta y ocultó la mitad del rostro en su peluche.

—¿Qué pasa? —me arrodillé frente a ella y le quité el oso para que me respondiera.

—No quiero que nos escuche —dijo en un susurro casi inaudible.

—Tranquila, a mi pieza nadie entrará ni nadie nos escuchará —ya comenzaba a preocuparme.

Me miró a los ojos, las lágrimas ya estaban por tocar sus mejillas, sus piernas temblaban y sus labios se entreabrieron, pero rápidamente se cerraron. Hasta que suspiró y tomó aire junto con valor, se acercó a mi oído y susurró:

—Tengo miedo de mi papá.

Capítulo 3

Mamá cepillaba el largo cabello de Jocelyn con mucha paciencia, lo tomó en una trenza María y le dejó un listón azul al final. Elías se acercó para besar la mejilla de mi madre y la frente de su hija en forma de despedida, Jocy sonrió alegre y tranquila gracias a nuestra conversación de la noche anterior. Tuve que explicarle que Katherine no estaba bien y que decía cosas que no eran verdad, entonces Jocelyn creyó que su hermana era una mentirosa, así que busqué otras palabras.

—No eran mentiras para ella, porque creía que eran reales —le dije, pero pareció estar más confundida. Para que durmiera tranquila le indiqué que su padre era una buena persona y que jamás le haría daño a su hijita. Se acurrucó a mi lado y se aferró con fuerza, dejando su cabeza en mi pecho. Antes de dormir susurro un:

—No te vayas...

—¿Puedes pasar por Jocy a las cuatro? —mi madre me sacó del trance. Me miraba un poco confundida, de seguro era por lo ida que estaba.

—Sí —tomé mi último sorbo de leche y me levanté para lavar los trastos sucios.

Cuando mi hermanita estuvo lista, besó mi mejilla muy entusiasmada y se marchó con mi madre en el automóvil.

Mientras no había nadie en casa, aproveché para asear un poco y lavar mi ropa, no había traído mucha así que debía sobrevivir con ella hasta que volviera a Puerto Montt o que me enviaran mis pertenencias en un camión flete. Aún no sabía qué hacer, si bien tenía casi toda una vida realizada lejos de aquí, mi familia me necesitaba, sobre todo Jocelyn. Ella era muy unida a Katherine y su pérdida le afectaba demasiado, quería que me quedase porque soy la única hermana que tiene ahora y necesita de mi protección. Además, hay tanto que debo enseñarle y que no podré hacer si vuelvo a mi hogar.

—No tienes que irte —me dijo Katy entre lágrimas—. Este es tu hogar...

Recordé cuando nos despedíamos en el aeropuerto, ambas llorábamos, jamás nos habían separado por más de dos semanas y en esa oportunidad no la vería hasta Navidad, o sea, diez meses en que solo nos comunicaríamos por Skype.

—No puedo soportarlo más, Katy —la abracé con tanta fuerza que le quité el aliento.

En ese momento quería escapar de mis errores y no escuchar más los lamentos de un idiota que no solo me había herido emocionalmente. Postulé para entrar a la universidad Austral y me aceptaron en Ingeniería Comercial, esa era mi oportunidad para huir. Luego de los cinco años de estudios me contrataron en una empresa de exportaciones internacionales, no podía negarme a un empleo como ese. Entonces nunca más volví, hasta hoy.

—Te prometo regresar cuando me sienta libre, cuando logre perdonarme —le dije a Katy antes de abordar el avión.

Las lágrimas recorrían mis mejillas. Quizás si no hubiera sido tan egoísta ella todavía estaría aquí. Solo pensé en escapar de mi dolor y no en cómo se sentiría ella sin mí. No podía hacerle lo mismo a Jocy, no podía ser egoísta con ella.

Me quedaría. Katy tenía razón: este siempre sería mi hogar.

Tomé mi celular y le marqué a una de las amigas que había conocido en la universidad y que se había vuelto de mi confianza. Le expliqué todo lo que había sucedido y no pude evitar llorar cuando le hable de Katy, le pedí su ayuda con el traslado de mis cosas y que administrara todo el papeleo, había un juego de llaves en conserjería así que no tendría complicaciones. El verdadero problema era llamar a mi jefe y decirle que no iba a volver, que le enviaría mi carta de renuncia y que le agradecía por la oportunidad, pero que no podía abandonar a mi familia.

—La entiendo, señorita Bórquez, su familia la necesita —dijo muy tranquilo.

—Y no quiero dejarlos luego de todo lo que nos sucedió —dije con sinceridad.

Hizo una pausa de algunos segundos, como si pensara.

—Usted fue una excelente trabajadora, muy empeñosa y comprometida, eso es digno de valorar —sus halagos me hacían sonreír—. La despediré.

Eso se hubiera oído muy mal en otro momento, pero ahora significaba que me iría del trabajo con un finiquito. Con él podría pagar una bodega y sobrevivir mientras buscaba un departamento y trabajo aquí en Santiago.

—No sabe cuánto se lo agradezco —dije sorprendida.

—Comprendo su situación y ese dinero la ayudará. ¿Tiene donde anotar? Le daré los datos del lugar donde debe retirar sus papeles en Santiago.

Busqué entre los papeles de mi escritorio algo donde poder escribir, encontré una tarjeta que estaba en blanco por un lado y anoté la dirección y el nombre de la persona por la que debía preguntar. Le agradecí nuevamente y corté la llamada con un suspiro de alivio, quedarme en Santiago había sido más fácil que volver a Puerto Montt. Miré la foto que tenía junto a Katy y sonreí, quizás ella estaba moviendo algunos hilos para facilitarme las cosas.

Al voltear el papel duro donde había anotado la información, me encontré con la tarjeta del doctor Ferrer, donde salía su número y la dirección de su consulta. A mi mente llegó el recuerdo de su mirada fría e intimidante que a la vez lo hacía sensual e interesante. Ese día del funeral su pañuelo había secado mis lágrimas y su perfume entró por mi nariz para quedarse en mi memoria, era varonil y a la vez suave, producía un efecto tranquilizador, o al menos eso sentí, probablemente sea porque ese es el rol de un psiquiatra. Quizás por eso a Katy le gustaban las sesiones con él, porque lograba tranquilizarla y generar paz en su interior. Recordé una de nuestras conversaciones por Skype donde dijo: *Hablar con el doctor Daniel me hace sentir mejor*. Si Katherine usaba al psiquiatra como su confidente, pudo haberle dicho algo o darle alguna señal de… suicidio.

Marqué el número de la consulta y esperé a que me contestara. Una mujer con voz suave levantó el teléfono con mucho entusiasmo, le pedí hablar con el doctor sin darme cuenta de lo alterada que sonaba mi voz. Para mi mala suerte estaba atendiendo a un paciente.

—¿Se encuentra bien, señorita?

—Sí, disculpe —tomé un gran bocado de aire—. Puede decirle que llamó Natalie Bórquez y que me llame. Por favor, es urgente.

La chica me pidió que repitiera mi nombre, al parecer estaba anotando todo lo que decía. Antes de cortar me susurró la frase que ya estaba harta de escuchar: *Mi más sentido pésame*. Era obvio que conocía a Katy, asistió todos los lunes, miércoles y viernes a la consulta por más de un año.

Miré la hora y ya eran casi las tres, debía cocinar y luego pasar por Jocelyn al colegio. Terminé de realizar todas las tareas domésticas y dejé los platos puestos en la mesa antes de ir por mi hermanita.

Estar en ese lugar me producía escalofríos y nostalgia. Katherine y yo habíamos asistido a la misma escuela, teníamos los mismos amigos y la pasábamos increíble en los recesos. Un montón de recuerdos hicieron que mis ojos se llenaran de lágrimas, las que traté de contener cuando vi que Jocy corría hacia mí.

Caminar hasta nuestra casa fue agotador, quizás sería bueno comprarme un automóvil cuando encuentre trabajo. Al llegar, con Jocelyn nos sentamos a comer y luego vimos una serie que le encantaba, gozaba con las estupideces de los personajes y me explicaba el contexto para que riéramos juntas.

Parecía como si nada hubiera pasado. Su mente suprimía temporalmente la muerte de Katherine y disfrutaba de la televisión como cualquier niño de su edad. Una luz de esperanza se encendió en mí, al ver que nuestras vidas podían volver a ser las de antes, aún podíamos ser felices.

El celular me vibró en el bolsillo, despertándome de aquel hermoso sueño.

—Señorita Bórquez.

Pese a que había escuchado su voz solo una vez, todavía la recordaba. Por alguna razón mi estómago se apretó y sospecho que fue por lo sensual que sonaba mi apellido en sus labios.

—Doctor… —dije todavía confundida, olvidé hasta su apellido.

—Dime Daniel. ¿Cómo has estado? —su tono de voz era muy serio, profesional.

—Bien, gracias —me puse de pie y me metí en la cocina para hablar con él.

—¿En qué te puedo ayudar?

—Necesito hablar con usted, hacerle algunas preguntas sobre… —bajé el tono de voz— Katherine.

Guardó silencio por algunos segundos.

—No tengo hora para una consulta hasta dentro de dos meses… pero quizás una cena estaría bien ¿Qué opinas?

Quedé casi sin aliento.

—Sí.

—Genial, paso por ti a las nueve.

—¿Hoy? —se me quebró la voz.

—Dijiste que era urgente —rió como si tuviera a un ratón en una trampa.

—De acuerdo.

—Bien, nos vemos.

Y colgó. Mi estómago aún estaba apretado y no podía dejar de mirar mi reflejo en la ventana. Parecía impresionada, sin palabras, nerviosa, ansiosa.

—Es intenso, serio, interesante —rió nerviosa—. Quiero sacarle una foto para que veas lo guapo que es.

Estaba cocinando el almuerzo que llevaría al trabajo mientras Katy me hablaba por webcam. Su enfermedad había empezado hace cinco meses y aún no había evolucionado lo suficiente como para perder el control.

—¿Hace bien su trabajo? —dije mirando la cámara mientras revolvía la sopa.

—Es joven y, pese a eso, es muy reconocido. Mamá vio un artículo sobre él en el diario y no sabes lo difícil que fue tomar una consulta.

—¿Costoso?

—Solo difícil, ya gana suficiente dinero como doctor, no necesita aprovecharse de su fama —Katy mascó la manzana que tanto había observado mientras hablábamos—. Es como un fruto prohibido.

—No te acuestes con él —dije advirtiéndole—, el tratamiento no resultaría.

—Tranquila, me limitaré a observarlo y tener fantasías sexuales con él —dijo entre risas.

Definitivamente no estaba en mis planes concretar una cita, menos con el psiquiatra de mi hermana: un hombre serio y con oscuridad en la mirada, pero demasiado apuesto como para usar cualquier prenda.

Abrí el closet de mi madre en busca de ese hermoso vestido que ocupó en la cena de nuestra graduación, se veía fresca, alegre y sensual, ya que se entallaba en sus curvas de una manera única. Mi madre era una mujer hermosa, sus rasgos eran finos y su cuerpo combinaba a la perfección. Katherine y yo nos parecíamos mucho a ella físicamente salvo por nuestros ojos grandes y pardos, como los de nuestro padre.

No me extrañó que el vestido quedara a la perfección sobre mi cuerpo, luciendo casi tan guapa como mamá. Me di una ducha, cepillé mi cabello y lo dejé caer ondulado sobre mis hombros, me maquillé y sonreí satisfecha por mi trabajo. Al ver mi reflejo me sentí atractiva, mis atributos se resaltaban y opacaban mis defectos.

—¿Saldrás? —dijo mi madre con una sonrisa, pero al verme se quedó en silencio y con expresión sorprendida.

—No tenía otra cosa que ponerme —me excuse—. No te enfades, por favor.

Comenzó a reír de una manera tan natural que me contagió.

—Te ves hermosa, Natalie. No podría enojarme contigo —besó mi frente y se dirigió a la cocina para hacer la cena.

Suspiré y busqué mi celular en el bolso, debía llamar a Daniel para saber dónde nos podíamos encontrar. Comencé a marcar su número y realicé la llamada, ansiosa por escuchar su voz.

—Natalie —dijo rápidamente.

—Hola —contesté nerviosa. Definitivamente mi nombre sonaba mucho más sensual si salía de su boca—. Quería saber… ¿dónde nos encontramos?

—Estoy afuera de tu casa.

Miré por la ventana y ahí estaba él, bajando de su automóvil con unos pantalones de vestir y una camisa sin corbata. ¿Cómo sabe dónde vivo?

Abrí la puerta justo antes de que él la tocara.

—Buenas noches —dijo con seriedad.

—¡Daniel! —Jocy corrió hacia él y lo abrazó.

Miré a mi hermanita, confundida y avergonzada, pero cuando él se agachó para abrazarla y le regaló una paleta entendí que ya se conocían.

Entonces lo vi sonreír.

—¿Cómo estás, bella?

—Bien —Jocelyn abrió la paleta y le mostró su gratitud con un beso en la mejilla.

—¿Vamos? —dijo sacándome del trance. De seguro parecía una boba observándolo.

Asentí y caminé hacia su coche sin decir nada. Todo era muy extraño, conocía a mi familia como si fueran amigos y yo no tenía idea. Me sentí mal por no saberlo, eso significaba que mi comunicación con ellos no era la mejor.

El restaurante era grande y majestuoso. La mesa que Daniel había reservado estaba junto a la ventana que nos dejaba ver el hermoso jardín que tenía el lugar.

—¿Te gusta la comida thai?

Lo miré, estaba esperando mi respuesta mientras me ofrecía la carta que estaba en la mesa antes de nuestra llegada.

—Nunca he comido.

—Es picante, así que te recomiendo escoger intensidad leve —rió y abrió la carta. Habrá sido un chiste interno porque yo no le vi lo gracioso.

Elegí lo que me pareció menos raro, todo tenía ingredientes que yo nunca hubiera juntado en un plato.

Comimos en silencio. No lo conocía, así que mi parte tímida estaba presente en todo momento y solo respondía a preguntas de mi vida diaria con palabras cortas.

—¿Te quedarás? —tomó una servilleta y limpió su boca muy despacio y elegante, casi quedé hipnotizada por sus labios.

—Sí, no quiero dejar a mi familia, otra vez.

—Me parece una buena decisión, ellos te necesitan. ¿Quieres otro zumo?

Le negué con la cabeza mientras él llamaba al garzón para que trajera dos bebidas más.

Me quedé pensativa… ¿cómo iba a preguntarle todo lo que quería saber?

Esperé a que el chico volviera con nuestras bebidas y tomé valor para hablar.

—De seguro Katy le contaba muchas cosas —dije mientras dejaba el plato a medio comer y lo miraba directamente a los ojos.

—Lo que le contarías a un psiquiatra —dijo Daniel mientras tomaba un sorbo del néctar.

—¿Había algo que se relacionara con el suicidio? —fui directa, quería respuestas.

—Natalie… —me sonrió de una manera malvada, casi como si se riera de mí—. No puedo decir nada de lo que ella me contó.

—¿Por qué?

—Soy un médico, la primera ley de ética profesional es mantener en secreto la intimidad del paciente. Confidencialidad absoluta.

—Pero… somos hermanas, ella me lo contaba todo —dije con un nudo en la garganta.

—Te aseguro que no todo.

Nos quedamos mirando. Daniel se estaba burlando de mí… me estaba tratando de decir que sabía cosas que yo no. Me levanté de la mesa y tomé mi bolso.

—Natalie, siéntate —dijo con una voz grave.

—Quiero respuestas —dije molesta.

—Te ayudaré, pero debes sentarte.

Traté de relajar mi expresión y me acomodé en la silla

—Cuando empezamos la terapia le sugerí que escribiera un diario para saber qué era real y qué no.

—¿Dónde está?

—Soy psiquiatra, no adivino —volvió a reír.

—¿La respuesta está ahí?

—Encontrarás lo que buscas, pero una respuesta razonable es que ella estaba muy enferma, ya ni siquiera los ansiolíticos y antipsicóticos podían apagar las crisis.

Los ojos se me llenaron de lágrimas, era verdad. Las últimas veces que había hablado con ella siempre alguien quería hacerle daño, lloraba con rabia y gritos desconsolados, además de estar todo el tiempo encerrada en su habitación.

—Por si lo encuentras, deberías saber algo —me ofreció su pañuelo, el cual no recibí por lo enfadada que me sentía—. No te lo contó porque yo se lo ordené….

Silencio, ese molesto silencio en el que ni siquiera sentí hablar a la gente alrededor.

—Ella era mi sumisa.

Algo golpeó mi corazón, mientras mi cabeza buscaba la definición de esa palabra.

Lo vi en películas, en libros, en programas extraños y ahora lo veía salir de los labios de un psiquiatra.

—¿La golpeabas? —las lágrimas que antes no habían salido ahora recorrían mis mejillas—. Eres un sadista —dije en voz baja.

—Soy un amo, Natalie —sus dedos rozaron mi mano y yo la alejé al instante.

Me levanté y caminé hacia la salida lo más rápido que pude. Esto estaba mal, muy mal. ¿Qué más no sabía de mi hermana? No pude controlar las lágrimas al imaginarme que alguien le hacía daño, alguien en quien todos confiábamos.

Tomaron mi brazo con fuerza y al voltearme vi ese rostro que ahora odiaba.

—No se lo dirás a nadie —dijo con una voz grave y mirada intensa. Sus ojos eran tan oscuros que casi no podía distinguir la pupila.

—Suéltame.

Arranqué mi brazo de su mano y pude ver cómo la empuñaba con fuerza mientras sus ojos eran consumidos por las llamas. Corrí hacia la calle y tomé un taxi

Esa noche no pude dormir.

Abril

Mayo

Junio

Julio

Carolina T. Perinetti

Agosto

Septiembre

Capítulo 4

Octubre

Hace mucho que no tenía pesadillas, hasta esta noche. Desperté tres veces asustada y traté de quedarme dormida las dos primeras, la última finalizó a las siete de la mañana, por lo que decidí levantarme y dejar la tortura que realizaba mi mente. Me coloqué el traje de baño y tomé mi toalla para bajar hasta la piscina temperada.

Desde que me había instalado en el nuevo departamento había vuelto a practicar la natación, deporte que dejé cuando comencé la universidad. Recuerdo que entrenaba tres veces a la semana y que siempre tenía como objetivo disminuir los tiempos. No quería ser la mejor, tampoco competir en los juegos olímpicos, solo distraerme un poco y hacer el ejercicio que se requería.

Miré mi reflejo en el agua, parecía triste, distraído, sin ánimos. Hoy es diez de octubre, mi cumpleaños y, por lo tanto, el de Katy. Me lancé al agua y nadé lo más rápido que pude, esta vez no estaba mi hermana para medir mis tiempos. Di la vuelta y me impulsé con los pies para retomar con un nado mariposa, me sorprendía cómo mi cuerpo y mente recordaban esas cosas. Al principio, mis movimientos eran torpes, pero luego de un tiempo mi cuerpo fue reaccionando más ágil.

Llegué al otro extremo y respiré rápido, tratando de oxigenar mis pulmones, luego disminuí la frecuencia para que mi corazón se relajara y pudiera dar otra vuelta.

El tiempo volaba cuando estaba en la piscina, no me percaté de lo atrasada que estaba para la ceremonia. Me di una ducha rápida y me puse el vestido que había reservado para esta ocasión, sequé mi cabello y luego lo ordené en un moño para verme más formal.

Mi automóvil me esperaba en el estacionamiento subterráneo que tenía mi número de departamento, su color rojo oscuro me enamoraba, tal y como la primera vez que lo vi. Desde que había conseguido trabajo en Santiago, donde mi sueldo era mucho mejor que en Puerto Montt, mi estilo de vida había cambiado un poco, podía darme algunos gustos como este maravilloso coche.

Conduje rápidamente hacia mi antiguo hogar. Mi madre había organizado una ceremonia para hacerle honor a la memoria de mi hermana en su cumpleaños, no podía llegar tarde.

Durante la luz roja, un *flashback* vino a mi mente: una imagen de Katy y yo, celebrando nuestro cumpleaños número quince, juntas.

Puse la música más fuerte para no dejarme llevar por mis sentimientos, después de todo habían pasado más de seis meses y mis heridas ya debían sanar. En cuanto el semáforo dio verde, aceleré.

—¡Natalie! —mi madre me abrazó con fuerza y besó mi mejilla de una manera muy especial, pero las palabras no pudieron salir de sus labios.

Le sonreí porque comprendía que ella no quisiera celebrar un día como este, en que su hija fallecida había nacido. Jocelyn corrió rápidamente hacia mí y no tuvo miedo de decir *¡Feliz cumpleaños!* en mis brazos, me besó en la mejilla y obsequió una flor de papel que ella misma había hecho.

—Es hermosa —dije con una gran sonrisa.

—Estoy aprendiendo a hacer *origami* —dijo muy orgullosa de su trabajo.

—Bien hecho —me sentí feliz de que mi hermanita lograra distraerse con nuevas actividades.

Desvié la mirada hacia el frente, casi por inercia, y me encontré con aquel hombre que me daba escalofríos. Su atuendo era mucho más formal que la última vez que nos habíamos encontrado: pantalones negros, camisa blanca y corbata negra. Su cabello estaba más corto y su rostro perfectamente afeitado. Sus ojos oscuros encontraron a los míos y sonrió de esa manera que me asustaba, era el demonio en persona.

—¿Qué hace él aquí? —le dije a mi madre. Mi voz y expresión mostraban el enfado que sentía.

—¿El doctor Ferrer?

Asentí para que mi madre me explicara este desagradable encuentro.

—Naty, él ha sido una buena persona con nosotros, sobre todo con tu hermana.

Iba a objetar, gritar a los cuatro vientos que Daniel había sido todo menos bueno, pero... mi madre tenía esa expresión otra vez, como si toda su fe estuviera puesta en ese hombre. Sonreí para que ella no preguntara nada y caminé hacia nuestro patio donde se realizaría la ceremonia. Me acerqué a una mesa con fotografías de Katherine, en todas aparecía sonriendo y con esa mirada que expresaba su felicidad.

Pese a que fuéramos iguales, ella había sido la más bonita, llena de alegría y con esa sonrisa perfecta, siempre tuvo suerte con los chicos, pero jamás le interesó ninguno... ¿Qué le habrá visto a Daniel?

Tomé asiento en una de las sillas traseras, no quería estar tan cerca del sacerdote que iba a hablar, en realidad jamás me habían gustado estas cosas, pero se trataba de mi hermana, no podía ser ajena a ello. Los invitados llegaron al jardín y tomaron asiento, entre ellos mi familia, Daniel y Emily, a quien no veía desde el funeral. Cuando se encontraron todos los lugares ocupados, el cura se acercó a las fotografías de Katy y pidió silencio para poder comenzar.

—Primero que todo les agradezco por estar aquí, en el cumpleaños número veinticinco de Katherine, donde recordaremos esta hermosa fecha en su memoria. Su familia la extraña y no pueden...

Daniel estaba mirándome fijamente con esa sonrisa que intimidaba a tal punto de hacerme estremecer, pero que, a la vez, producía un cosquilleo en mi entrepierna. Crucé las extremidades inferiores y traté de concentrarme en la ceremonia.

Podía sentir el peso de sus ojos sobre mí, pese a no estar segura si seguía observándome. Los escalofríos fueron cambiados por extrañas cosquillas que recorrían todo mi cuerpo, por un momento imaginé que eran sus manos las que me tocaban. Entonces lo miré y me mostró su destellante sonrisa, como si supiera lo que provocaba en mí.

Cuando terminó la ceremonia me puse de pie rápidamente y escapé de esos ojos que me hacían sentir en llamas. Entré a la casa chocando con Emily que hablaba con una chica vestida de enfermera.

—¿Katy? —dijo como si viera a un espectro.

Se acercó y tocó mi rostro, yo me sentía más confundida que ella.

—No, es Natalie, su hermana —le explicó Emily.

El color de su piel se tornó rosa y se alejó de mí.

—No sabía que tenía una gemela —susurró. Se despidió de Emily, me miró una vez más e hizo un gesto con la mano para despedirse.

Me quedé pensativa, observando cada uno de los movimientos de la chica hasta que desapareció tras la puerta.

—¿Estás bien?

Miré a Emily, quien parecía un poco preocupada.

—Eran compañeras en la universidad —me explicó.

Casi siempre me confundían con Katherine, pero desde que había fallecido nadie lo hacía. Se sintió extraño.

—Perdón por el golpe —puse los pies en la tierra.

—No te preocupes —sonrió. Su expresión cambio repentinamente—. Necesito pedirte algo.

Agachó la mirada, pensativa. Respiró hondo y levantó la mirada.

—¿Serias mi dama de honor? —me tomó de las manos y moduló un *por favor*, pero al no obtener respuesta de mi parte, continúo—. Me caso en un par de semanas y...

Entonces todo me calzó. Recuerdo que Katherine me comentó sobre la boda de su mejor amiga y de lo feliz que se sentía al ser la dama de honor y testigo de su amor.

—Claro —dije sin pensar.

—¿También mi testigo?

—Por supuesto —le sonreí.

Ella estaba feliz, sus ojos brillaban de la emoción y soltaba unas carcajadas locas. Me entregó un papel con la dirección en donde debía tomarme las medidas para confeccionar el vestido y me rogó que fuera lo antes posible.

Todo esto era extraño. Asistiría a la boda de una chica que conocía desde hace mucho tiempo pero que jamás habíamos establecido una conversación de confianza, no teníamos un vínculo especial ni nada por el estilo, solo era la mejor amiga de mi hermana. Yo en su lugar se lo hubiera pedido a cualquier otra amiga o a mi madre, pero me escogió a mí y de seguro tenía una buena razón para hacerlo.

Emily se encontró con sus amigas del colegio y yo me alejé para que conversaran tranquilas. Guardé el papel en mi bolso y sonreí al ver como la flor que Jocy me había dado seguía intacta.

—Te ves hermosa cuando sonríes —susurró tan cerca de mí que pude sentir su respiración

Esa voz ya se había quedado en mi memoria para siempre, así que no era necesario mirar para saber que era Daniel.

—Nadie pidió tu opinión.

—Dios, qué fiera —con su diestra aflojó su corbata, sin despegar la mirada de mí.

Otra vez sentí ese cosquilleo por mi cuerpo.

—Deja en paz a mi familia —traté de sonar lo más amenazadora posible, pero solo conseguí que sus ojos ardieran y su sonrisa malévola apareciera.

—Tranquila, no soy un asesino en serie ni nada parecido —se acercó a mí para hablar más despacio—. Solo me gusta otro tipo de cosas.

Retrocedí rápidamente y me quedé observándole, horrorizada.

—No te acerques a mi hermana —intenté no gritar.

—Soy un amo, Natalie, no un pedófilo. Jamás le haría daño a Jocelyn —hizo una mueca y suspiró—. Tú llamas mi atención.

Me quedé helada, no quería la atención de un psicópata.

—Me encanta cómo me enfrentas, cómo me desafías con una mirada. Solo fantaseo con lo desobediente que puedes ser en la cama.

—Púdrete —dije llena de odio—. Ni en tus sueños voy a ser tuya.

Le di la espalda y caminé lo más rápido que pude hacia Jocelyn para que él no me siguiera. Invité a mi hermanita a tomar un helado y le pedí a Emily que nos acompañara, ya no podía estar más en ese lugar con la mirada de Daniel sobre mí y todas esas personas recordándome que mi hermana estaba muerta.

Frente al parque había una heladería que tenía más de quince años, era donde Katy y yo solíamos pedir nuestros sabores favoritos para luego sentarnos en el pasto y hablar sobre chicos, amigos y chicas que se lucían en la escuela. Aún recordaba su sabor favorito: chocolate con avellanas. Fue el que pedí para mí mientras que a Emily y Jocy les compré los sabores que me habían solicitado.

Mientras caminaba hacia las chicas pensé en este último tiempo. Desde que Daniel me había revelado que Katherine escribía un diario, cada vez que tenía oportunidad entraba a la habitación de mi hermana y revisaba todo sin éxito alguno. Quizás ella lo quemó o lo tenía enterrado en algún lugar de nuestro jardín, podían haber pasado tantas cosas con ese diario que ya estaba perdiendo las esperanzas de encontrarlo.

Miré como Jocy se mecía en el columpio, pero estaba distraída, miraba a Emily que hablaba con...

Me detuve en seco, mi cuerpo se había paralizado, las piernas no me respondían y si no fuera por los helados, las manos se me habrían dormido. Sonreía de una manera distinta, ya no llegaba la felicidad a sus ojos y, aunque trataba de aparentar su emoción frente a la chica, yo lo conocía perfectamente bien como para saber que fingía. Nuestras miradas se encontraron y sentí ese nudo en la garganta, tal y como la última vez. Su expresión cambió completamente.

Ya me había visto, así que no podía salir corriendo como planeaba, solo caminé sin despegar mis ojos de los suyos y cuando llegué a mi destino traté de sonreír. Em se percató de mi presencia y prefirió dejar de hablar.

—Le llevaré su helado a Jocelyn —tomó la bolsa con los helados y se alejó lo más rápido que pudo.

Nos miramos hasta que yo dirigí la vista hacia mi hermanita para asegurarme de que estuviera bien.

—Lamento lo de Katherine —dijo con una voz grave que no era propia de él

Asentí cerrando los ojos, mi yo interior pedía a gritos que nos tragara la tierra.

—Creí que te habías ido.

—No podía dejar sola a mi mamá y a Jocelyn —volví la mirada hacia él, estaba triste y a la vez nervioso.

—Fue una buena decisión.

—Eso espero —dije en seco.

Una chica apareció de la nada y tomó el brazo de Maximiliano. Le dijo *hola, amor* y besó sus labios de forma delicada, pero incómoda para el chico. Ella me miró con una sonrisa y esperó a que su novio (aparentemente) dijera algo.

—¿Eres Natalie? —dijo emocionada.

Era obvio que tenía unos tres años menos que yo y que al parecer me conocía, pero no recuerdo haberla visto antes.

—Si...

Dio un chillido de emoción.

—Soy Allison. Max me ha hablado tanto de ti.

Miré al chico que parecía avergonzado y prefería mirar a los niños que se divertían en los juegos.

—Espero que solo cosas malas —reí al final para que se relajara el ambiente, pero solo empeoró—. Bueno... ya debo volver. Fue un gusto conocerte.

La chica asintió, pero esta vez su sonrisa no apareció.

—Feliz cumpleaños —dijo Max como si las palabras le salieran espontáneamente.

Su voz hizo eco en mi cabeza, pero ya le había dado la espalda y no quería mirar atrás. Me acerqué a Em y mi hermanita que estaban en una banca disfrutando de su helado. La amiga de mi hermana me miró esperando alguna reacción, pero mi rostro no tenía expresión, estaba segura de eso.

Daba vueltas por su sala, estaba demasiado nerviosa. Maximiliano y yo ya no estábamos nada de bien, las discusiones se habían apoderado de nuestra relación y últimamente eran más tristezas que alegrías. Apareció tras la puerta, despeinado y luciendo cansado, lo había despertado a las ocho de la mañana, estaba consciente de la hora, pero esto no podía esperar más.

—¿Qué pasa? —sonaba un poco molesto.

—Perdón, pero necesito hablar contigo.

Se sentó en el sofá y rascó sus ojos, luego me prestó atención esperando a que hablara, pero las palabras no querían salir de mis labios.

—Natalie, habla —dijo al ver que mis ojos se llenaban de lágrimas.

—Estoy embarazada.

Capítulo 5

La modista tomaba mis medidas lo más rápido posible, me había escabullido del trabajo en el horario de colación y solo tenía una hora disponible.

La chica anotó todos los números en su agenda, mientras yo me ponía rápidamente la ropa formal e incómoda que debía usar en la oficina.

El vestido sería calipso, como las flores del ramo, y ajustado hasta la cintura con una caída libre, igual al de Katherine.

Al principio creí que era una idea absurda que yo fuera la dama de honor y además testigo. Jamás había sido amigable con Emily, no conocía sus gustos, momento felices o tristes, pero luego me di cuenta de que todo estaba planeado y que ese vestido no lo podía usar nadie más que Katy o, en este caso, yo, que era lo más parecido.

Estaba molesta, pero, ¿quién no deseaba la boda perfecta? Emily quería que todo saliera bien, y la verdad no podía hacer llorar a la novia, eso era maldad de la grande. Lo mejor era sonreír y aparentar lo feliz que me hacía suplantar a mi hermana muerta. Me reprendí por mis pensamientos irónicos.

La boda no era lo único que me enfurecía, también estaba harta de escuchar a la gente decir lo mucho que sentía la muerte de mi gemela o *recemos por su alma para que descanse en paz* o *sé cómo te sientes*; odiaba esa última frase,

¿en realidad alguien sabe cómo se siente perder a tu hermana, amiga y compañera, todo en un mismo día? Yo creo que no.

Llegué a la oficina lo más rápido que pude y me comí un sándwich para no retrasarme con el trabajo pendiente.

Tenía una asistente, Almendra, quien se encargaba de imprimir los papeles que necesitaba y archivarlos todos en orden alfabético. La verdad es que mi trabajo no era el más emocionante del mundo, pero ganaba bien y no me sentía mal al realizarlo. Mi mundo se encontraba en equilibrio.

—¿Natalie? —dijo la chica sacándome del trance.

—Perdón, ¿qué decías?

—Tengo el folleto publicitario que mandaron los de Anís, ¿quieres que te lo envié o se lo envió directo al señor Gutiérrez?

—¿Lo revisaste? —dije mientras tomaba un poco de café para activarme.

—Sí.

—Envíaselo a Gutiérrez y manda una copia a mi e-mail.

Almendra asintió muy risueña y se fue casi dando saltitos a su computadora.

La hora se pasaba volando cuando estaba frente al ordenador revisando documentos sobre nuevos productos que venían en exportación y enviándole propuestas a los publicistas para que hicieran folletos, comerciales y esas cosas. Apenas dieron las seis, tomé mi chaqueta y bolso para ir a casa de mi madre, quien me había invitado a cenar con la excusa de que estaba pendiente mi cumpleaños.

Al encender el automóvil, el rugido del motor hizo eco en el estacionamiento subterráneo de la oficina. Sintonicé mi radio preferida para que me diera un poco de distracción, pero desde que había visto a Maximiliano no podía dejar de pensar en él.

Solo tenía quince años cuando lo conocí, y él un año más, éramos unos adolescentes que soñaban con amor eterno y que nadie nos separaría. Nos casaríamos luego de titularnos y compraríamos una casa en la playa para ser felices y vivir en paz. Pero todo cambió cuando Max entró al primer año de Arquitectura y ya no tenía tiempo para mí; yo aún estaba en la escuela, no entendía lo agotador que era la universidad. Así comenzaron las discusiones y nuestra relación se fue apagando lentamente.

Frené cuando el semáforo dio rojo. Recordé sus ojos color miel, su sonrisa llena de felicidad y sus labios diciendo un *te amo*.

Cuando me fui a Puerto Montt juré enterrar todo recuerdo de esa relación, que solo sería parte de mis pesadillas y que cada vez que extrañara sus caricias, pensaría en odio. Pero no podía, Max había sido el primero en todo y, aunque estuve con muchos otros hombres, ninguno me hizo sentir como él.

El semáforo dio verde y aceleré. Mientras mi coche avanzaba, mi mente se dirigía al pasado.

—¡¿Qué?! —dijo mirándome horrorizado—, pero nos cuidamos... ¿Tomaste tus pastillas?

—Sí, pero algo falló... no lo sé —rompí en llanto al sentirme acorralada, más de alguna vez había olvidado tomarme los anticonceptivos.

—¿Estás segura? —comenzó a susurrar, de seguro no quería que su familia nos escuchara.

—Sí, me hice dos pruebas de embarazo y un examen sanguíneo —saqué los papeles y se los ofrecí.

Leyó lentamente, su expresión era seria y eso me ponía tensa. Mi mente me jugaba una mala pasada y me hacía imaginar todo lo que podía suceder de ahora en adelante.

Dejó el informe en el sofá y se sentó nuevamente, agarró su cabeza con ambas manos, como si tratara de pensar. Se quedó en silencio por algunos minutos, mientras yo esperaba una respuesta.

—¿Max? —mi voz se cortó.

—No puedo ser padre, Natalie. Ni siquiera he terminado mi primer año... —levantó la mirada, su expresión me dijo que estaba molesto, pero no tenía mucho sentido, yo no era la única culpable—. Mis padres me mataran.

Entonces me di cuenta de que no era un nosotros, solo pensaba en él. ¿Cómo iba a tener un bebé si no había una familia para recibirlo?

—Tendremos que pensar en algo… vivir cada uno con nuestros padres y trabajar para mantener a nuestro hijo y cuando podamos…

—¿Retomar los estudios?, ¿y cuándo será eso?, ¿cuándo el bebé sea un adulto y pueda mantenerse solo? —elevó la voz—. ¿Cuándo seamos unos ancianos? No imaginé mi vida así.

—Yo tampoco me la imaginaba así, pero tendremos que hacerlo —rocé con mi mano la parte baja de mi vientre mientras Maximiliano me observaba.

—No es la única opción —susurró.

No podía creerlo. Sentí que ese no era el hombre al que le había entregado todo. ¿Qué lo había hecho cambiar?

—Por supuesto que no —dije antes de que me lo propusiera—. Este bebé no tiene la culpa de nuestros errores —mis ojos se llenaron de lágrimas y traté de ocultarme entre mi cabello.

—Pero es que… yo no quiero esto —comenzó a alterarse.

—¿Te refieres a mí y a tu hijo?

—Sí —gritó.

Nos observamos en silencio, entonces las lágrimas que recorrían mis mejillas ya no eran de tristeza, sino de rabia.

Tomé mi bolso y me dirigí a la entrada.

—Naty, no quise decir eso —dijo caminando tras de mí.

Yo no conteste, solo quería salir corriendo y que me tragara la tierra.

—Por favor —tomó mi brazo y me hizo voltear—. ¿Podemos conversar cuando ninguno esté alterado?

—Creí que me ibas a apoyar, que dirías: Sí —imité su voz—, será difícil, pero saldremos adelante y seremos muy felices los tres —lo miré a los ojos—. Que ciega estaba.

Max me soltó al ver mi expresión de rabia y decepción. Salí de su casa y corrí lo más rápido que pude. No quería volver a verlo.

Estacioné y apagué el vehículo. Me miré en el espejo retrovisor y sequé las lágrimas que habían salido por los recuerdos desenterrados. Respiré hondo y me bajé del auto.

—¡Hermana! —Jocy me abrazó con fuerza antes de que pudiera entrar a la casa—. Te extrañé mucho.

Jocelyn no quería que me fuera de casa, pero traté de explicarle lo importante que era para mí tener mi propio hogar porque ya era una mujer madura y que, algún día, ella también querría irse de casa.

—Yo también, enana —besé su mollera que olía a *shampoo* de *tutifruti*.

La señora Carmen estaba en la cocina, limpiando y ordenando las últimas cosas para dirigirse a su hogar.

Cuando encontré empleo mi madre casi murió de un infarto. ¿Quién cuidaría a Jocy?, ¿cómo conseguiría a alguien tan rápido? Por suerte, la señora Carmen, que vivía a tres casas de aquí, necesitaba un empleo que no fuera muy agotador. Era una mujer de sesenta y cinco años, cabello corto y teñido color café claro, de contextura ancha y siempre usaba delantal. Era tierna y amorosa, trataba a mi hermana como si fuera su nieta y eso me agradaba, me daba confianza.

—¿Cómo está? —dije mientras me servía un vaso de agua.

—Bien, mi niña —su sonrisa inspiraba tranquilidad—. ¿Almorzó?, ¿quiere que le prepare algo?

—No, gracias —dije entre risas. Típico de las abuelas, casi me sentía su nieta—. Esperaré a que llegue mi madre —sonreí para que se quedara tranquila y creyera que estaba bien, aunque moría de hambre—. Si quiere, puede marcharse a descansar. Yo me encargo de este minirremolino.

Dio una risa muy ligera y fue a buscar sus cosas para luego despedirse de mi hermana con un beso en la frente y de mí con un beso en la mejilla. Cuando se cerró la puerta de la entrada supe que era mi oportunidad, todavía faltaban algunos minutos para que llegara mi madre.

—Jocy... ¿me guardas un secreto? —dije con una gran sonrisa.

—¿Otra vez entrarás al cuarto de Katy?

Asentí y luego le hice un puchero.

—No creo que sea buena idea, mamá lo sospecha —dijo como si fuera la adulta responsable.

—Prometo que si se entera te despojo de toda culpa —volví a sonreír—. Por favor.

—Está bien, pero... quiero una *Tablet*.

Esta chica era más astuta de lo que yo creía. Cerramos el trato con un apretón de manos y corrí escaleras arriba para buscar las llaves en el mueble de mi madre mientras Jocy prendía la televisión y veía sus series animadas. A pesar de que mi madre estaba segura de que revisaba el cuarto de Katy, jamás cambiaba las llaves de escondite, siempre estaban en una caja al fondo de su mueble.

Aunque entraba casi todas las semanas a la habitación de mi hermana, seguía sorprendiéndome que todo luciera igual, tal y como ella lo había dejado, excepto por ese gancho que yo misma había arrancado del techo.

Ya estaba cansada de buscar ese diario, cada vez que salía de la habitación sin éxito mis esperanzas disminuían, por lo que me prometí que esta sería la última vez. *Si no lo encuentro me mentalizaré de que ella no quiere que lo lea*, me dije.

—Katy, si quieres decirme algo por favor ayúdame a encontrar tu diario —susurré como si pudiera escucharme.

Traté de buscar en lugares que antes no se me habían ocurrido: dentro de cada caja de zapato, donde guardaba su maquillaje, detrás de los cajones de su mesita de noche, moví algunos muebles por si tenía algún escondite secreto en las paredes. Luego revisé lugares comunes: bajo el colchón, entre su ropa interior y arriba del armario. Nada.

Me senté en la cama y miré la foto donde estábamos las dos, esa que tenía en su mesita de noche. Su sonrisa me hacía recordar lo felices que éramos al estar juntas, que jamás hubiera confiado en nadie como confiaba en ella, que si tuviera un secreto tan grande solo se lo hubiera dicho a mi gemela. Entonces algo hizo clic en mi cabeza: ¿Y si ella lo escondió para que solo yo lo encontrara? Debía pensar como Katy.

Cerré los ojos y cubrí mi rostro con ambas manos. Katherine era mucho más creativa que yo, si había hecho lo que pensaba jamás encontraría su diario.

El ruido de la lluvia golpeando la ventana me tomó por sorpresa. No era raro que lloviera en octubre, pero tenía la intensidad de pleno invierno. Me levanté para ver por la ventana y admirar cómo la lluvia se desplazaba por las calles.

Me gustaban los días lluviosos, el olor a tierra mojada y pasto húmedo me traían recuerdos de las intensas tormentas que se dejaban caer cuando era una niña.

—Natalie.

Fue extraño, porque había jurado escuchar la voz de Katherine, pero al voltearme vi a Jocelyn, seguido del fuerte sonido que provocaba el vidrio contra el piso: el cuadro de mi hermana estaba hecho añicos en el suelo. Di un pequeño grito, lo que asustó a Jocy.

—Tranquila, yo lo empujé con el brazo —dije para tranquilizarla—. Ve por algo para recoger esto.

Ella asintió y corrió por las escaleras.

Nuestra foto estaba cubierta de vidrios. Mi estómago se apretó al ver cómo uno de los recuerdos que tenía con mi hermana estaba completamente roto. Tomé cuidadosamente la imagen y la sacudí para quitar los fragmentos cortantes. Traté de dejarla donde estaba, aunque esta vez no tenía ese hermoso marco metálico. Volví a mirar el desastre y vi un papel cuadriculado que se hallaba oculto tras la fotografía.

Pensar como ella, me dije. Si no quisiera que nadie más que mi gemela leyera mi diario escondería un papel que dijera su ubicación detrás de nuestra fotografía.

Por la emoción, no recordé lo filoso que era el vidrio cuando está roto y, a la vez que lograba tomar el papel, sentí un dolor punzante en la palma de mi mano. Con mi otra extremidad sacudí el mensaje y lo guardé en mi bolsillo. Una gota de sangre cayó sobre el piso seguido por un grito de Jocelyn.

—Tranquila, solo tráeme gasa y un poco de agua.

Dejó las cosas en el piso, corrió hacia el baño y volvió en menos de un minuto. Puso el recipiente que mi madre usaba para teñirse el cabello bajo mi mano y me entregó el vaso con agua. Dejé correr el líquido por la palma para liberarme de la sangre. Cubrí la herida con una gasa y fijé esta última con tela adhesiva para que no se desprendiera mientras barría los fragmentos de vidrio.

Con Jocelyn dejamos la habitación impecable y cerramos la puerta como si nada hubiera pasado. Mientras yo guardaba las llaves en la habitación de mi madre, Jocy se deshizo de la bolsa con trozos de vidrio. Aproveché el momento sola para abrir el papel y mirar su contenido.

Busca el tesoro, decía en la parte superior y, al centro, había dibujos y acertijos.

Recordé cuando éramos pequeñas y jugábamos con nuestro padre. Nosotras contábamos hasta cien mientras él escondía un objeto en la casa y luego escribía o dibujaba pistas para que pudiéramos encontrarlo.

Miré el primer dibujo: una escalera. Nuestra familia no había heredado las dotes del dibujo, pero claramente se podía distinguir que eran los escalones de nuestra casa. Luego decía: *Debes salir por donde jugábamos a ser el reflejo de la otra.* Nunca había sido buena para los acertijos, de hecho, Katy era la que siempre adivinaba los de papá. Miré el siguiente dibujo y me encontré con algo parecido a una puerta de madera vieja y con un candado abierto. Por último: *Donde papá guardaba a sus amantes está lo que buscas.*

Me quedé pensativa. Escuché como mamá saludaba a Jocy y preguntaba por mí.

Solo necesitaba volver a mi niñez y recordar: en el ventanal de la sala... Katy salía y yo me quedaba dentro, entonces imitábamos nuestros movimientos para que pareciera un espejo.

Solo quedaba la puerta con candado. Traté de recordar aun más, entonces escuché la voz de mi padre: *A veces siento que engaño a tu madre con mis herramientas.*

¡El diario estaba en la bodega que papá había construido!

Corrí por las escaleras y abrí el ventanal para salir a la fría lluvia, mi madre me llamaba desesperada, como si tuviera miedo de que me volviera loca. Mis tacones se sumergían en el barro impidiéndome avanzar con mayor velocidad, mi cabello ya estaba estorbando y cuando llegué a esa vieja puerta de madera no podía ver nada. Despejé mi rostro con ambas manos y quité el candado que se encontraba abierto, entré y prendí la luz que apenas iluminaba el lugar.

Dejé caer todo mientras buscaba el diario, el sonido de las herramientas retumbaba en mis oídos. Tomé la caja que contenía todas las cosas de nuestro padre y busqué entre su ropa cuidadosamente, hasta que lo encontré. Tenía una nota pegada con tela adhesiva que decía mi nombre. La abrí rápidamente y reí al ver su mensaje para mí, siempre supo que buscaría respuestas...

Disfruta la lectura, hermana.

Capítulo 6

Solo Daniel, Katherine y yo conocíamos la existencia de ese diario, y preferí mantenerlo así. Nadie debía enterarse de lo que había encontrado, ni siquiera mi madre.

Esa noche, durante la cena, la distraje con una mentira que hasta yo me creí: mi padre tenía una caja llena de destornilladores y yo necesitaba uno de cruz para instalar mi nueva repisa. Nadie dudó de mi historia y Jocy tampoco dijo algo que me acusara.

Tenía el diario, al fin estaba en mis manos y aun así no podía leerlo. Había pasado más de una semana desde mi hallazgo y no quería leerlo, algo me detenía y era obvia la razón. Al abrirlo estaría violando la privacidad de mi hermana, antes de su muerte estaba segura de que ella me contaba todos sus secretos, pero... no me contó lo de su psiquiatra y quizás qué otras cosas me ocultaba.

Hubo noches en las que no pude dormir de la curiosidad, pero en cuanto lo miraba me sentía incapaz de leerlo. El trabajo me distraía, no tenía mucho tiempo para pensar, pero al llegar a mi departamento, el diario me observaba desde la mesita de noche y casi podía escucharlo decir mi nombre. No leerlo me estaba volviendo loca.

—¿Cómo está tu mano, hija?

Estaba cocinando, ya eran casi las diez de la noche y hablaba con mi madre por altavoz.

—Sanando, aún no se cierra por completo, pero falta poco. Te dije que no necesitaba puntos —reí al recordar lo insistente que había sido mi madre con lo de llevarme al hospital.

—Bueno, fue un accidente laboral, la empresa debía correr con los gastos de la curación —le dije a mi madre que me había cortado con un vidrio en la cafetería del trabajo.

—Ya estoy bien, mamá —me sentí como una niña pequeña—. ¿Cómo está Jocelyn? —dije para cambiar el tema.

—Muy feliz con esa cosa que le regalaste, se entretiene bastante y lo usa para las tareas.

—Era la idea —por supuesto… jamás quise comprar su silencio.

Mi madre comenzó a contarme toda su vida en la pastelería. La escuché porque sabía que le gustaba hablar sobre su día a día y porque Katherine era su antigua auditora, no quería que se sintiera sola sin ella.

Dejé el almuerzo para mañana en la nevera y me di una ducha para relajarme antes de ir a la cama.

Ahí estaba ese diario, mirándome, esperando ser leído: *¡Vamos!, ¡aquí está la razón por la que Katherine se suicidó!*, me decía, *todo lo que quieres saber está en tu mesita de noche…*

Lo tomé, lo abrí y por primera vez pasé la hoja en blanco del principio. Respiré hondo y, sin más preámbulos, comencé a leer:

15 de noviembre del 2014

Querida Natalie:

Mi doctor, Daniel, me pidió que escribiera un diario. Es difícil para mí porque jamás he escrito uno y me siento incomoda al hacerlo, pero él cree que así podré diferenciar lo que es real de lo que no y recuperarme más rápido.

Al principio no sabía qué hacer, no tengo la costumbre de escribir lo que hago en un cuaderno todos los días, pero luego recordé lo cómoda que me siento al contarte todo lo que ocurre en mi vida, así que decidí que este no sería un diario cualquiera sino que serían cartas para ti, mi gemela.

Quizás jamás las leas, o tal vez sí, pero lo importante es que siento que tú me estás escuchando al escribir este diario y eso me hace sentir mejor.

Con amor, Katy

Mis ojos se llenaron de lágrimas y me nublaron la visión, casi podía escucharla susurrar las palabras. Entonces... ella no quería ocultarme nada, sino al contrario, quería contármelo todo, pero de otra manera. Sequé mis lágrimas para seguir leyendo cada carta, al principio se saltaba varios días entre ellas con la excusa de que aún no se acostumbraba a escribir diariamente, hablaba de eventos que sabía que eran reales y de otros que no estaba tan segura, pero al final de cada carta parecía que su mente se aclaraba y me decía: *Pero eso no es real.*

Cada vez que tenía una cita con Daniel llegaba a escribirme una carta, contando todo lo que hacían en cada sesión. En un comienzo parecía muy normal: un psiquiatra que atendía a un paciente de forma ética y profesional. Pero luego, él le reveló lo que era y también lo que le quería hacer a mi hermana. Fue muy directo. Katy estaba asustada, como cualquier mujer, pero Daniel despertó algo en ella que la hizo aceptar una noche de demostración, casi podía escucharlo con esa voz maliciosa y oscura: *Si te agrada, podemos seguir... si no, lo olvidaré y jamás te volveré a molestar, seguiré siendo tu médico y tú mi paciente.*

1 de diciembre del 2014

Querida Naty:

Me entregué a él y fue algo tan maravilloso que apenas puedo respirar de la emoción mientras te escribo esta carta. No te describiré todo porque me gastaría el cuaderno entero, pero no hay palabra que represente todo lo que viví y lo que siento.

Tenías razón, me dolió y sangre un poco. Daniel trato de ser delicado en un comienzo, pero luego me mostró lo que le gustaba a él y me dijo que eso solo era un poco de todo lo que me quería hacer.

Le diré que sí, que sí quiero ser su sumisa y que me posea cada noche si es posible. No puedo dejar de pensar en lo extraño pero placentero que fue todo. Jamás pensé que el dolor pudiera causar placer.

Tengo que volver a sentirlo, mañana mismo si es posible. Quiero estar entre sus brazos otra vez.

¡Ay, hermana! Si pudieras sentir lo que yo siento...

Katy

Cerré el diario, furiosa.

En cuanto Daniel me dijo que Katherine había sido su sumisa supuse que también le había robado la virginidad, era obvio, pero quise negármelo. Tenía la esperanza de que hubiera un hombre del que yo no supiera, que la amara y la tratara con el cariño y el respeto que ella se merecía. Pero no.

Apagué la luz y traté de dormir, aunque solo me imaginaba lo agresivo que Daniel podía ser, lo doloroso que podían ser los golpes, y lo enamorada que debió estar mi hermana para entregarse a él. Cuando logré entrar en un sueño profundo mi mente me jugó una mala pasada creando una imagen sádica donde yo era Katy y estaba atada de manos y pies en una cama. Daniel se acercaba con un cinturón, me miraba con esa sonrisa malvada y sus ojos en llamas. Desperté sobresaltada y solo habían pasado unos minutos desde que vi la hora por última vez.

No quería darme más vueltas en la cama, así que me puse el traje de baño y tomé una toalla, lo único que podía relajarme era el agua tibia de la piscina.

El reloj marcaba las dos de la madrugada, por lo que no me pareció extraño que el lugar estuviera vacío. Podía nadar tranquila y flotar mientras miraba el techo. Solo escuchaba el sonido del agua y era relajante, podía cerrar los ojos y aislar todos los pensamientos que me incomodaban: reencontrarme con Max, Daniel golpeando a mi hermana, el diario de Katherine... parecía un complot que quería acabar con mi psique.

Jamás debí volver, pensé antes de sumergirme por completo.

Había un secreto para quedarte reposando al fondo de la piscina: quitar todo el aire de tus pulmones. Era un poco desesperante ya que no tenías oxígeno y la presión era alta, pero sentí que bajo el agua nada me agobiaba mentalmente, quizás era porque mi cerebro empezaba a ahorrar oxígeno y no malgastaría en pensamientos estúpidos, pero fue como un respiro para mi corazón, que estaba angustiado por todo lo que sucedía.

Cuando salí tomé un gran bocado de aire y traté de llenar mi cuerpo con oxígeno, estaba un poco mareada y mi respiración se aceleró para compensar. En ese momento no me pude controlar, las lágrimas salieron solas y mi garganta comenzó a gemir de dolor. Ya estaba harta de disimular que no me dolía o que ya había sanado mi herida, había perdido a mi hermana para siempre, eso jamás se iba a curar, jamás me iba a recuperar de ese dolor. Dejé que mi corazón se desahogará y eliminará la tristeza que sentía.

Volví a mi departamento para darme una ducha y secarme el cabello, ahora estaba completamente relajada así que nada interrumpió mi sueño, pude descansar por unas horas antes de que sonara la alarma para ir al trabajo.

Almendra me estaba esperando con un café, galletas y una gran sonrisa, casi como si hubiera adivinado que no alcancé a prepararme desayuno.

—Buenos días, Natalie —dijo entusiasta.

—Hola… —estaba un poco confundida—. ¿Por qué te molestaste en…? —señalé el desayuno.

Ella rió de una manera muy sincera.

—Solo quería agradecerte por lo buena que has sido conmigo.

La miré a los ojos, luego miré que ella estaba tomando té en vez de café y que se veía más hermosa que nunca, pero no era por su vestir o por su maquillaje… era su rostro… brillaba.

—¿Estás embarazada? —ni siquiera pensé antes de hablar.

Ella chilló y asintió con una gran sonrisa en el rostro. La abracé con fuerza y mis ojos se llenaron de lágrimas, esas cosas me emocionaban demasiado.

—Eres la primera a la que se lo cuento —dijo secando las lágrimas que le habían salido —mi esposo está trabajando fuera y quiero decírselo cuando vuelva.

—¿Soy la primera? —ella asintió—, pero… ¿por qué?

—Te considero mi amiga… la única que tengo.

La abracé nuevamente y le deseé lo mejor para este nuevo comienzo.

Almendra había perdido a su madre cuando solo tenía diez años y su padre se había vuelto a casar con una mujer que no la quería. La niñez fue dura para ella y logró salir adelante gracias a su novio, que ahora era su marido. Él le ofreció un hogar y alimento mientras ella terminaba sus estudios de secretariado. La mayoría de las mujeres creen que es una sanguijuela que se aprovecha de un pobre hombre que gana bien, pero no es así: yo la veía esforzarse cada día para llevar dinero a su hogar. La mayoría de sus conocidas le tienen envidia y quizás por eso no tenía amigas.

—Gracias —le susurré al oído.

Yo tampoco tenía muchas amigas. No porque me envidiaran, sino que las amistades no son lo mío. Mi única gran amiga fue Katherine.

Luego de un desayuno alegre y llenó de risas, nos pusimos a trabajar. Pero no estaba concentrada, solo pensaba en mi hermana y lo que había leído de su diario. Que Daniel fuera su primer y único hombre me enfurecía, quería gritarle cuánto lo odiaba y, si podía, golpearlo. Estuve toda la tarde sentada en mi escritorio imaginando todo lo que pudo hacerle a mi hermana, todo el dolor que ella había sentido, el daño que le causó… Estaba furiosa.

Cuando se cumplieron las nueve horas laborales, tomé mis cosas y me retiré lo más rápido que pude para que no me detuvieran con más trabajo; estar sentada solo me hacía pensar estupideces. Manejé hacia mi departamento, pero a mitad de camino me desvié casi por inercia. Busqué en mi bolso la tarjeta de Daniel, la cual aún guardaba, y puse la dirección de su consulta en mi GPS. Quería hacerle una visita.

Era un edificio muy grande y antiguo, tenía su propio estacionamiento, el cual era solo para propietarios y clientes. El guardia se comunicó con la secretaría de Daniel para verificar que yo tuviera una hora con el psiquiatra, obviamente era mentira, pero la mujer lo confirmó por alguna extraña razón. Me estacioné donde me indicaron y subí por los ascensores hasta el quinto piso, las puertas se abrieron e inmediatamente me esperaba una mampara de vidrio que decía: Dr. Daniel Ferrer. Toqué el timbre y me contestó su entusiasta secretaria, me identifiqué con mi nombre y se abrió la puerta al instante.

Entré a lo que parecía la recepción y sala de espera, había unas cuantas personas que aguardaban para ser atendidas y al fondo se encontraba ella: cabello negro, ojos verdes, labios gruesos y sonrisa brillante: la asistente que desearía cualquier hombre.

—Hola —dijo muy feliz. Eso me estresaba un poco.

—Hola... necesito hablar con Daniel.

—El doctor Ferrer está con un paciente, pero si deseas esperar a que...

Esperar nada, estaba demasiado furiosa como para contenerme. Caminé hasta una puerta grande de madera, la abrí de golpe y entré sin pensarlo mientras la chica gritaba mi nombre desesperada.

—¿Sabías que Katherine era virgen?

Daniel me miró sorprendido, su paciente estaba asustada y la secretaria se tapaba el rostro con ambas manos.

—Natalie... —sus labios formaron esa sonrisa maliciosa y sus ojos ardieron en llamas.

—Contéstame —grité nuevamente.

La chica trató de tomarme del brazo para que saliéramos, pero yo me enfurecí aun más.

—Johana, no te preocupes —dijo él con un tono muy tranquilo—. ¿Me disculpa, señora Poblete? Debo solucionar esto.

La paciente asintió y no se movió de su lugar.

Daniel se acercó a mí y me hizo un gesto para que yo caminara primero, salimos de la consulta y comenzó a reír de una manera muy natural.

—Eres una caja de pandora —dijo mirándome muy divertido.

—Vine a hablar de algo serio —me crucé de brazos.

—Bueno… supongo que encontraste el diario y lo leíste.

Asentí.

—Sé que tienes muchas preguntas, pero debo atender a mis pacientes —dijo señalando la sala de espera, había tres personas que nos miraban intrigados—. ¿Me esperas una hora? Cancelaré a los demás, pero en serio debo atender a los que ya llegaron —parecía muy profesional, casi no se veía como un sádico golpeador de mujeres.

—Lo siento —me salió sin pensar, casi sentí que él no era Daniel.

—No te preocupes, solo espérame, ¿sí? Quiero hablar contigo —me guiñó un ojo, pero de manera muy natural y rozó mi brazo antes de entrar a la consulta.

Me quedé boquiabierta y reaccioné a los segundos para sentarme en la sala de espera. Ese no era él, o al menos el Daniel que yo conocía. Quizás este era su lado profesional, su faceta de doctor: tranquilizador, confiable… ¡Espera! Él es psiquiatra… Conoce la mente humana… Me manipuló.

Mi expresión debió cambiar abruptamente porque la secretaria rió y negó con la cabeza… ¡Ella lo sabía desde el principio!

Bueno, solo me queda esperar para enfrentarlo y recriminarlo por usar conmigo sus dotes aprendidos en la escuela de loqueros. Yo no era su paciente.

Cuando me dijo una hora pensé en una eternidad, pero el tiempo pasó rápido, a tal punto de no darme cuenta.

—Natalie —me llamó desde el umbral de la puerta.

Caminé hacia él muy enfurecida.

—No soy tu paciente —dije antes de entrar.

Dio una risita maliciosa. Ahí está el Daniel sádico que conocía.

Cerró la puerta y luego se dirigió a una mesita con... ¿whisky?

No me había percatado de lo grande que era la sala, además de un escritorio tenía dos sofás, una biblioteca y un frigobar con la mesa para preparar los tragos.

Tomó dos vasos, le puso cuatro hielos a cada uno y un chorro de Jack Daniel's, quizás le agradaba por el nombre. Me ofreció la bebida, pero me quedé mirándolo seria, como si me estuviera faltando el respeto.

—¡Vamos!, no tienes diecisiete años.

—Estoy conduciendo.

—Lo necesitarás —un brillo extraño paso por sus ojos y presentí que me contaría algo importante.

Recibí el vaso y me senté en uno de los sofás.

Se tomó el bebestible de dos sorbos y se acercó a la mesita-bar para preparar otro. Al finalizar, tomó asiento en su silla y me miró esperando a que dijera algo.

—¿En qué quedamos? —dijo al ver que yo no iniciaba el tema.

—Katherine era virgen —me enfurecía que se lo tomara a la ligera.

—Sí, lo sabía.

—¿Y aun así dejaste que se entregara a ti? —apreté el vaso con tanta fuerza que podía quebrarse en cualquier momento.

—Le di un tiempo para que lo pensara y ella accedió. Conocía todas las condiciones, quién era yo, qué hacía… —tomó un sorbo de whisky.

—Pero ella no merecía algo así, toda mujer…

—Debes dejar de pensar que tu hermana era una víctima. Si sigues leyendo te darás cuenta de que le gustaba, lo disfrutaba y se sentía mejor. Lo sé porque yo era su psiquiatra —me miró a los ojos, desafiante, esperando mi respuesta.

Me costaba admitirlo, pero tenía razón. Por lo que había leído, a Katy le gustaba.

—Natalie… tú crees que soy un golpeador de mujeres que disfruta el dolor de los demás —leyó mi mente…—, pero no es así, me gusta el sexo, follar duro preferentemente. Usar cosas poco usuales que causan un dolor soportable que, por alguna razón mental, provocan placer tanto en mí como en la persona que lo recibe.

—Eres un sádico —lo miré a los ojos profundamente, pero no logré intimidarlo.

—Un amo, Natalie —segundo sorbo de whisky.

—Para mí, lo que acabas de decir, se llama sadismo de tu parte y masoquismo por parte de la tonta sumisa.

—Cuidado con tus palabras, tu hermana fue una "tonta sumisa".

Me dejó sin habla, tenía rabia y tristeza al mismo tiempo. Mis sentimientos estaban tan confundidos que, sin pensarlo, bebí el licor de un solo sorbo, quemando el nudo que estaba en mi garganta.

—¿Sabes por qué estás aquí? —me miró atentamente.

—Odio, rabia, furia...

Rió con carcajadas muy naturales, casi como si le hubiera contado un chiste.

—Una parte de ti me desea, muere por averiguar qué se siente el placer originado por el dolor. Quieres sentir eso que, con tantas ansias, describe Katherine.

Nuevamente estaba manipulando mi mente...

Me puse de pie y, antes de que me dominara por completo psicológicamente, traté de salir de esa sala. Ya no quería escuchar sus estupideces.

Abrí la puerta, pero antes de que hubiera suficiente espacio para salir, Daniel la cerró de golpe. Quedé paralizada por su rapidez.

—Niégamelo —susurró en mi oído.

—Basta de manipularme como a tus pacientes. ¿Así convenciste a mi hermana?

—No —su respiración hacía cosquillas en mi cuello—. Así es como te quiero convencer a ti...

Me volteó con tal fuerza que la puerta sonó cuando mi espalda chocó con ella. Estábamos frente a frente, tan cerca que podía oler su perfume. Su mano acarició mi cuello con suavidad, un escalofrío recorrió mi cuerpo, convirtiéndose en un choque eléctrico que me envolvió por dentro. Bajó hasta mi escote y sus dedos rozaron lo poco que se asomaba de mis pechos.

Estaba en shock, no podía moverme, ¿o no quería? Mi mente estaba confundida, y todo gracias a él.

Su mano se posó en mi abdomen, la quité con brusquedad, pero rápidamente agarró mi extremidad y la retuvo contra la puerta, di un gemido de dolor y Daniel sonrió de una manera especial. Con la otra mano fue directo al grano, ni siquiera necesitó abrir mi pantalón, solo rozó con dos dedos la parte de mis genitales y el choque eléctrico se volvió más intenso.

Había sentido esa sensación, pero nunca tan pronto, tan de repente. Estaba excitada, a un nivel que jamás había experimentado.

—Quiero follarte duro, Natalie.

Esas palabras revolucionaron mis hormonas y pidieran a gritos sexo. Entonces escuché a mi conciencia racional gritar: ¡Sumisa!

—Suficiente —lo empujé con tanta fuerza que logré separarlo de mí un par de metros—. Yo no soy una sumisa, jamás he tenido un carácter dócil —tomé aire para seguir gritándole—. Déjame en paz, no soy el tipo de chica que buscas —ya no estaba furiosa, estaba nerviosa. Todo el cuerpo me temblaba.

—¿Crees que no lo sé? Es obvio que no eres dócil y que jamás podré someterte. Pero, por alguna razón, eso me excita. Me calienta que te niegues, que me desprecies...

Lo miré confundida.

—Quiero que te resistas, que rompas mis reglas, que me digas que no —el fuego apareció en sus ojos y un calor recorrió todo mi cuerpo—. Aunque no lo creas, Natalie, quiero que me desobedezcas.

Capítulo 7

No podía creer lo que me estaba pidiendo.

De seguro ser sádico, o como él le decía, "ser un amo", tenía sus reglas. Pero esto iba contra todo eso, el significado de sumisa ya no encajaba para lo que Daniel me pedía, entonces...

—No sería una sumisa —susurré como conclusión.

—No exactamente.

Lo miré esperando a que me explicara todo porque cada frase me confundía aún más.

—Una sumisa obedece en todo, por lo tanto, no necesita... contención.

Seguía confundida. Daniel dio unas carcajadas por mi expresión y se acercó lentamente, evaluando mi reacción. Dejé que caminara hasta invadir mi metro cuadrado y sentir su respiración en mi frente.

—Voy a amarrarte con una cuerda, a darte duro e intentaré someterte, porque eso me excita demasiado —acarició mi mejilla con la yema de sus dedos—. Serás mi sumisa que no se quiere someter.

—No soy buena actriz —dije nerviosa. Me sentía intimidada por el calor que emanaba su cuerpo.

—¿Te suena a una obra de teatro? —se rió de manera natural. En ese momento vi a un Daniel más guapo.

—Pues sí, como a una planificación de pareja para salir de la rutina.

Volvió a reír y esta vez me contagié, los nervios me carcomían por dentro.

—No tienes que actuar, la idea es que seas tú. Compláceme —nunca le había escuchado ese tono de voz, parecía que me suplicaba.

—No puedo.

—¿Por qué? —sus palabras pisaron a las mías.

—Te acostaste con mi hermana —me aparté de él y adopté una posición más formal—. Primera ley de hermandad: nunca te acostarás con el mismo hombre que tu hermana. ¿Qué acaso eso no se cumple para el sexo masculino?

—No lo sé, no tengo hermanos.

Nos miramos en silencio. Creí ver algo en sus ojos, como si recordara algo triste.

—Bueno, esa es mi razón. Para mí es suficiente.

Me acerqué a la puerta y esta vez no me detuvo cuando la abrí.

Mientras conducía a mi hogar entendí por qué Katherine había quedado cautivada. Daniel sabía manipular mentes, además de tener sus encantos. La manera en que me había acorralado y tocado me paralizaba. Una parte de mí lo odiaba, pero la otra había despertado y estaba intrigada, quería saber lo que se sentía estar sometida a sus acciones y que él fuera mi amo.

Me detuve en seco frente al semáforo con luz roja. ¿Qué estaba pensando? No me podía acostar con Daniel, estaba prohibido para mí desde que Katherine se había enredado en sus sábanas. Pero... había estado con bastantes hombres como para llegar a la conclusión de que él me calentaba solo con un susurró, con una mirada, con un roce...

No podía dejar de pensar en él, ni siquiera cuando estaba al fondo de la piscina casi sin oxígeno. Mi cerebro prefería morir que dejar de pensar en Daniel tocando mi cuerpo. Luego de unos minutos intentándolo sacarlo de mi cabeza sin éxito, tuve que salir del agua por el cansancio, tenía que dormir para ir al trabajo, aunque sabía perfectamente que las pesadillas no me dejarían.

Sequé mi cuerpo suavemente, casi recordando su mano recorriendo mi escote, mi abdomen... Por último, sequé mis extremidades una por una y me detuve en mi muñeca izquierda: tenía dos moretones muy redondos que no pasaban desapercibidos. Parecían un par de dedos que acorralaban a mi extremidad.

Con todo lo que había sucedido casi olvido el ensayo de la boda de Emily, debía asistir porque era uno de los personajes principales y no podía equivocarme durante la ceremonia.

Miré mi rostro en el retrovisor, lucía de espanto. Me había quedado hasta las cinco de la mañana leyendo el diario de Katherine, todas esas descripciones de cómo Daniel la sometían me habían mantenido despierta, además de generar pesadillas en las que yo era sometida.

Me maquillé antes de bajar del auto, esperando que eso cubriera mi desvelo, pero no tuve éxito.

Emily me estaba esperando en la entrada de la iglesia con su futuro esposo, un hombre alto y de facciones perfectas; guapo, pero humilde.

—¡Natalie! —dijo emocionada, me besó la mejilla y sonrió—. Él es Carlos.

Saludé con un brazo al chico y le recalqué lo afortunado que era al encontrar una chica como Emily. Yo no la conocía muy bien, pero Katy no dejaba de decir lo buena persona que era y que se merecía toda esta felicidad.

Desvíe mi mirada hacia el interior del establecimiento, era acogedor e iluminado gracias a las ventanas que se encontraban en el techo.

—Es un lugar hermoso —susurré.

Miré al centro, donde se encontraba un Cristo lleno de brillo. Pero a los segundos vi a otro hombre, también parecía brillar al centro de la iglesia y estaba mirándome fijamente.

Mi estómago se apretó, sentí náuseas y mareos, como si me fuera a desvanecer en cualquier momento y cayera en un agujero negro.

—¿Qué hace Maximiliano aquí? —le dije a Emily casi sin respiración.

—Él es mi testigo y padrino —dijo Carlos.

Los miré a ambos, por alguna razón me sentí traicionada. Quizás Katherine no le había mencionado a su amiga lo que había sucedido, pero todo el mundo sabía que él era mi exnovio.

—Perdón, no quise decirlo porque sabía que te negarías — Em estaba preocupada, su expresión me lo decía todo. Por un momento me sentí mal, ella era la novia, no podía hacerla llorar.

—No te preocupes —traté de sonreír y entrar a la iglesia sin que las piernas me temblaran.

Me acerqué a Max y le ofrecí la mano en forma de saludo. Él se quedó mirándome y tomó mi extremidad con suavidad. Qué extraña se sentía su piel sobre la mía luego de tanto tiempo.

Emily nos presentó a la organizadora de su matrimonio, una chica alta y de piel morena. Ella nos indicaría cada paso que daríamos dentro del recinto.

—Natalie, tú entrarás antes que la novia con un ramo de tulipanes blancos y una sonrisa de oreja a oreja.

Estaba en la puerta de la iglesia y lo único que veía era a Max esperándome al otro lado, junto al padre que llevaría a cabo la ceremonia. No podía sonreír si él me miraba como si lo torturaran.

—¿Natalie? —dijo la chica.

—Sí, ese día sonreiré.

Caminé lentamente, fingiendo que tenía un ramo en las manos y mirando fijamente al Cristo para que Max no me desconcentrara. Llegué a su lado y desvíe la mirada para no cruzarme con la suya, el novio tomó su lugar y la novia comenzó a entrar tan emocionada como si en realidad hoy fuera ese día especial.

—El padre dirá la ceremonia. Max, tú leerás el evangelio, y Natalie, tú el salmo —ambos asentimos al mismo tiempo—. Luego de la reflexión del evangelio, a pedido de los novios, los padrinos tomarán esta cinta roja y dirán unas palabras.

La chica nos entregó un extremo del lazo a cada uno y nos dijo que repitiéramos después de ella.

Max me miraba mientras hablaba y yo trataba de mirar a la organizadora fingiendo que no sentía sus ojos sobre mí.

—Ahora necesito que se miren a los ojos y repitan nuevamente.

—¿Es necesario? —pregunté molesta.

—Sí, quiero ver si hay química entre ustedes para ser testigos de este amor

Miré a Em que me susurró un *por favor*.

Suspiré y puse mis ojos en los de Max, comenzamos a repetir las palabras y al terminar aparté la mirada, el alivio fue inmediato.

Me percaté de que la manga de mi blusa se había subido más de la cuenta y que dejaba a la vista los hematomas de mi muñeca. Me cubrí rápidamente y traté de disimular, al parecer nadie me había visto.

—Por último, los novios dirán sus votos, los cuales ensayaremos por separado, y listo. Necesito que cada uno se aprenda su parte para no tener problemas el día de la boda. Eso sería todo.

Suspiré al saber que por fin todo había terminado y que me podía ir a dormir. Me despedí de Emily y Carlos, ella me recordó que el lunes debía pasar por el vestido y que por favor no llegara tarde el sábado. Asentí entre risas, solo quedaba una semana y los nervios ya se comían a la chica.

Caminé hacia mi coche casi imaginando mi cómoda almohada y que el sueño me relajaría después de haber visto a Max.

—Naty —dijo tocando mi hombro.

Sabía que era él, ¿mi mente lo había invocado?

Me volteé y lo miré esperando a que dijera algo, pero solo clavó sus ojos en los míos.

—¿Qué quieres? —mi tono de voz parecía molesto, creo que no podía hablarle de otra manera.

—¿Cómo estás?

—Bien...

—Me refiero a lo de Katy.

—Estamos bien, acostumbrándonos a vivir sin ella —dije incluyendo a mi familia.

—Lamento que la perdieras.

—Bueno, no es la primer vez que pierdo algo que amo.

Nos miramos a los ojos de una manera tan intensa que me hizo recordar el agujero en mi corazón, era obvio que aún no había sanado.

—Nunca me vas a perdonar —se afirmó a sí mismo en un susurró casi inaudible.

—Ya tengo que irme... —traté de subirme al automóvil, pero él me detuvo.

—¿Qué te pasó en la muñeca? —*¡Ay, no!*—. ¿Alguien te lastimó?

—No... Me apreté con la puerta —dije lo primero que se me ocurrió—. Además, ¿qué te importa?, ya no eres parte de mi vida.

—Lo sé, pero sigues importándome.

Silencio, solo se escuchaban las hojas de los árboles removidas por el viento.

—No mientas... jamás te importe... jamás te importamos —mis ojos se pusieron llorosos y me refugié en el coche.

Aceleré para alejarme lo más rápido posible, pero ya era tarde. Podía escapar de Max, pero no de mis recuerdos, no de mi pasado, no de mis errores...

Mis ojos ardían por tanto llorar, pero aun así las lágrimas no dejaban de recorrer mis mejillas.

Estaba sentada en mi cama, leyendo su mensaje en mi celular una y otra vez: *Tengo un dinero guardado, puedo dártelo para que solucionemos este problema.* ¿Desde cuándo nuestro hijo se había vuelto un problema? Estaba claro que Max creía que un aborto era la solución a todo esto.

Tocaron mi puerta, a los segundos Katy susurraba mi nombre y me preguntaba si todo estaba bien.

—Déjame entrar —suplicó.

No se lo había contado, en realidad solo Max y yo sabíamos. Tenía miedo de decirle a alguien y darme cuenta de que no estaba soñando.

—Quiero estar sola —le grité.

—Sabes que llorar sola no te hace bien. Anda, ábreme la puerta y conversemos.

Cuando Katy me abrazaba me sentía protegida, apoyada y más aliviada, en esos momentos lo necesitaba y lo deseaba. Abrí la puerta para que mi hermana entrara. Al ver mi rostro, se preocupó.

—¿Qué pasa?

Rompí en un llanto intenso, mis piernas se volvieron frágiles y caí al suelo. Katy me abrazó rápidamente y me rogaba que le dijera qué sucedía.

—Ya no puedo más —dije entre lágrimas.

Tomó mi rostro para que nos viéramos a los ojos y me volvió a rogar que le dijera qué pasaba.

—Estoy embarazada —dije, y me oculté en su hombro para seguir llorando.

Me consoló por varios minutos. Acariciaba mi cabello, tranquilizándome, hasta que el llanto cesó.

—¿Max lo sabe? —asentí—. ¿Y qué dijo?

—Que no está listo para ser padre.

—Idiota. La cosa está hecha, ahora debe hacerse cargo.

—Katy, él no quiere ser padre... dice que arruinará su futuro —sequé mis lágrimas con pañuelos desechables.

—Está en trance, espera unas semanas, se le pasará y querrá ser padre. Max te ama.

Tomé mi celular y le mostré el mensaje a mi hermana.

—¿Qué quiere decir? —dijo impactada—. ¿Quiere que abortes?

Asentí en silencio.

—¿Qué piensas tú? —la miré a los ojos, ella esperaba mi respuesta.

—Nosotras crecimos sin un padre, y sufrimos cada día por su ausencia. Imagínate cómo sufriría un niño que sabe que no puede ver a su padre porque él no lo ama. No quiero que mi hijo sienta ese dolor.

—Entiendo... Tengo unos ahorros. Dicen que con menos meses disminuyen los riesgos y no quiero que te tardes por conseguir el dinero.

—Aún no estoy segura —puse mi mano en mi vientre, casi podía sentir al bebé.

Katy puso su mano sobre la mía y sonrió.

—En lo que decidas, te apoyaré —me abrazó con fuerza y susurró en mi oído—. Si se queda, prometo ser la mejor tía.

Sonreí y dejé que sus brazos me hicieran sentir protegida.

Estacioné en mi edificio, pero no bajé del auto. Me quedé pensando y recordando.

Las lágrimas recorrieron mis mejillas, pero no fue suficiente. Liberé mi rabia gritando hasta que mi garganta se desgarrara y ardiera de dolor. Lloré algunos minutos apoyada en el volante y mi conciencia preguntó: *¿Por qué lo hiciste?*

Abrí la puerta de mi hogar, no escuchar ni un solo ruido me hizo sentir aun más sola, cuánta falta me hacía Katy. De seguro ella estaría viviendo aquí conmigo y me esperaría con algo dulce para ver una película. Luego reflexioné y me di cuenta de que si ella no hubiera muerto, yo no estaría aquí en Santiago.

Eran las siete de la tarde, había perdido gran parte del día en el ensayo. Traté de descansar sobre la cama, dormir un poco, pero no lo conseguí, las pesadillas me sobresaltaban y dejaban un vacío en mi corazón.

Cuando me fui a Puerto Montt los sueños disminuyeron y el vacío dolía cada vez menos. Pero volver a Santiago y ver a Max desenterró todo ese sufrimiento que había dejado bajo tierra.

Prendí la lámpara y tomé el diario de Katy, necesitaba distraerme. Llevaba un cuarto leído y aún no encontraba respuesta a la interrogante, pero no solo eso me mantenía en una lectura permanente: Katherine describía de manera perfecta cada emoción que sentía bajo los dedos de Daniel y eso me agradaba como lectora.

20 de diciembre del 2014

Querida Natalie:

Ya casi es Navidad. Espero con ansias el 23 para que llegues y me abraces con fuerza, te extraño demasiado. Quiero contarte todo, desde la pérdida de mi virginidad hasta lo genial que es ser una sumisa, pero no puedo, le prometí a Daniel que guardaría el secreto, además estoy segura de que tú no lo comprenderías y me obligarías a dejarlo como amo y como terapeuta.

Aún no sé cómo voy a disimular todo esto, jamás te he mentido ni he ocultado algo. Será difícil mirarte a los ojos sin que te des cuenta de que soy otra mujer...

Bueno, cambiando de tema... tuve problemas con la vecina (otra vez). De verdad estoy casi segura de que entra a nuestra casa, revisa mis cosas y se prueba mi ropa. Hace unos días encontré un cabello que no era mío, es obvio porque lo tengo negro y ondulado, este era castaño claro como el de mamá... de acuerdo, podría ser de ella... aun así sospecho que la vecina no nos quiere y busca la manera de hacernos daño.

PD: Pensándolo bien... no hay forma de que esa mujer entre a mi cuarto porque lo dejo con llave... creo que eso no es real.

Confundida... Katy

Suspiré. Las crisis de mi hermana iban en aumento a medida que avanzaba en mi lectura.

21 de diciembre del 2014

Natalie:

Ya no resisto más en nuestro hogar, siento que hasta las paredes tienen ojos y que observan cada una de mis acciones. Escapé a la casa de Daniel, ese era mi refugio y donde olvidaba todo. Es domingo... Él nunca me había recibido esos días porque los lunes debía empezar temprano las sesiones, pero al ver mi desesperación me dejó entrar y me ofreció un té con cáscaras de naranja (para relajarme).

Nunca he estado en su casa sin entregarme a él, hoy no fue la excepción... Me vendó los ojos y me amordazó como siempre, tomó una fusta de su colección y dio con fuerza en una de mis nalgas... gemí de placer. Es extraño y quizás jamás lo logres comprender, pero con Daniel todo el dolor, no solo el que él te hace sentir, sino también tu dolor personal, se convierte en placer. Quizás por eso me escogió, porque sabe que una persona con tanto dolor necesita que este se convierta en placer y disfrutarlo de alguna manera.

Ser sumisa agota, muero de sueño y solo quiero dormir... así es, sigo en su casa y me tomé el tiempo de escribir el diario porque no quiero confundirme... esto es absolutamente real.

Katherine.

Convertir el dolor en placer...

Katherine tenía razón, no lo entendía. El dolor y vacío que yo sentía no se transformarían en placer porque Daniel Ferrer me golpeara, no tenía mucha coherencia. Pero, ¿por qué habría de tenerla? Quizás no hay que buscarle la razón, sino sentirlo.

Mi lado curioso se hacía presente otra vez. ¿Y si dejara de sentir ese vacío que me ahogaba por algunas horas? No tenía nada de malo experimentar... solo una vez... sin compromisos.

Tomé mi celular y me lo pregunté en una última ocasión. ¿Estás segura?

—Doctor Ferrer —dijo al contestar su teléfono. Marqué el número que estaba en su tarjeta.

—Soy Natalie —dije nerviosa.

Guardó silencio por algunos segundos. Para mí fueron horas.

—¿Ocurre algo? —su voz mostraba preocupación.

—No, todo está bien —reí, nuevamente delatando mis nervios—. Es que… cuando sucedió lo de Katy mencionaste que si quería hablar con alguien… como amigo…

—Sí, claro, lo recuerdo. Tú… ¿estás segura de lo que pedirás?, ¿vendrías a mi departamento?

Otra vez ese silencio eterno.

—Dame tu dirección, estoy saliendo de mi casa.

Capítulo 8

Típico de mí, entrar en pánico frente al sufrimiento y hacer tonterías. Llamar a Daniel había sido un error, cabé mi propia tumba y ya no podía revertirlo. Dijo que no se demoraría más de treinta minutos, los cuales usé para depilarme, ponerme algo bonito, arreglar mi cabello y maquillarme con labial rojo; la idea era pedirle a Daniel que me llevara a un centro nocturno para bailar, beber y distraerlo por completo. No podía acostarme con él.

El citófono sonó y mi estómago se apretó, no sentía las piernas, pero aun así pude llegar a la sala para contestar. El conserje me anunció la llegada de Daniel, le pedí que lo dejara entrar y que le diera las indicaciones para estacionarse.

Tomé el bolso más pequeño que tenía y lo arreglé con las cosas necesarias. Me puse los tacones que usaba para salir a bailar por la comodidad y altura que me brindaban.

Cuando el timbre sonó me miré una vez más al espejo antes de abrir la puerta.

—Natalie… —me observó de pies a cabeza, sorprendido—. Creí que te había pasado algo, por el tono de tu voz…

Ahora era mi turno de recorrerlo con la mirada. Estaba vestido de manera casual, con unos *jeans* y un suéter delgado, llevaba unas zapatillas y una chaqueta de cuero en las manos. Nunca lo había visto así.

Me sentí culpable. Me las ingenié para distraerlo, para que no quisiera acostarse conmigo, y él solo venía con la intención de comprobar que estuviera bien.

—Creí que querías hablar...

Me sonrojé.

—Entra —susurré.

Lo invité a sentarse y le ofrecí algo para beber.

—Tengo jugo, gaseosa y cerveza —dije mientras miraba el frigorífico.

—Cerveza.

Saqué dos y las abrí. Me senté a su lado y lo observé mientras le daba un gran sorbo a su bebestible.

Nos quedamos en silencio, lo miraba en ocasiones y cuando desviaba la vista él me observaba, luego de algunos minutos ya comenzaba a ser un ritual.

—¿Te gustaría salir? —mi voz sonó fuerte al romper el silencio—. Quiero distraerme.

—¿No quieres contarme qué te pasó? —me miró mientras bebía su cerveza.

—Quizás en otro momento.

—¿Segura?

—La verdad... No quiero hablar de ello, por lo menos no ahora. Quiero distraerme.

Sonrió de esa manera natural que producía cosquillas en mi estómago.

—¿Quieres ir a un bar? —arqueó una ceja. Siempre lo había encontrado guapo pero lo natural le quedaba bien.

—A un lugar donde se pueda bailar —sonreí.

—No soy bueno en eso.

—No te pido que lo seas. Solo acompáñame y veamos qué pasa —bebí el último sorbo y me levanté—. ¿Qué dices?

—Bien... yo conduzco —dejó lo que quedaba de cerveza en la mesa de centro.

La mayoría de las veces había visto a Daniel serio y seductor, cuando su expresión se volvía natural no duraba más de un minuto. Jamás me lo imaginé en un centro nocturno, riendo a carcajadas por cómo los chicos coqueteaban con las mujeres que bailaban.

Le pidió otra gaseosa de cola al camarero de la barra y me dejó elegir lo que deseaba beber.

—Un vodka naranja —le dije al barman. Ya era el tercero.

Me miró casi extrañado y luego sonrió mientras negaba con la cabeza.

—¿Qué una chica no puede beber en un lugar como este? Además, tú conduces.

—Siempre me sorprendes —gritó para que lo escuchara a través de la música.

El chico nos entregó nuestras bebidas. Miré a Daniel confundida para que me explicara lo último.

—Todos tienen un patrón de conducta, incluyéndote. Pero en ocasiones te sales de él.

—¿Me imaginabas recatada?

—Algo así.

Reí burlesca y bebí vodka, estaba dulce y helado, tal y como me gustaba.

—Katy era así... Yo soy la gemela malvada —me quedé en silencio, recordando a mi hermana—. Somos muy diferentes —susurré.

—Entonces no estoy tan equivocado. Nunca serás mi sumisa —dijo mirando la pista de baile.

Me tomé tres sorbos al hilo y dejé el vaso en la barra. Ya quería bailar.

—¿Bailamos? —sonreí coqueta, me puse de pie y le ofrecí la mano.

—Siempre me sorprendes —repitió.

Se puso de pie y me acompañó a la pista de baile. Quizás había bebido demasiado o era el hecho de estar cerca de Daniel, pero me sentí eufórica y sin miedos. Comenzamos con un baile activo, no podía dejar de reírme por lo incómodo que parecía mi compañero, definitivamente bailar no era lo suyo.

—¿Te parece gracioso?

Asentí y comencé a saltar agitando mis manos. Me sentía en un recital de Skrillex con la canción "Recess". Por suerte no era la única emocionada haciendo el ridículo, todos en la pista gritaban y saltaban eufóricos. Daniel me seguía el ritmo y saltaba discretamente.

La música comenzó a mezclarse y todos detuvimos los saltos. Era una canción clásica, lenta, sensual...

—Veamos quién ríe ahora —susurró en mi oído.

Me volteó ágilmente, y dejó mi espalda pegada a su pecho. Evité que mi trasero tocara su miembro, pero en esta posición era difícil. *No debí ponerme tacones*, pensé. Con su mano apartó el cabello de mi cuello, dejando lugar a sus labios tibios y húmedos. Puso su brazo sobre mi abdomen, ejerciendo presión y acorralándome contra su cuerpo.

Sonó "Porcelain" de Moby, una canción que te hacía bailar lento pero sensual, que abría tu imaginación y te permitía ver lo que quisieras.

Daniel provocó un vaivén entre nosotros, donde en momentos yo presionaba su miembro y en otros él golpeaba mi trasero. Sus labios rozaban mi cuello y su respiración producía cosquillas que generaban algo en mi entrepierna. Con su mano libre comenzó a tocar mis muslos, despacio e imperceptible.

—Cierra los ojos —susurró.

Obedecí. Me prometí a mí misma que sería una de las pocas veces que lo hacía.

Todas las sensaciones se agudizaron, me di cuenta de que no eran sus labios los que tocaban mi cuello sino su lengua. Sentí cada uno de sus dedos recorriendo desde mi muslo hasta mi cadera y que se acercaban cada vez más a mi entrepierna. Llegó a su destino e hizo presión en mi clítoris, gemí de placer y su respiración se entrecortó. Quería detenerlo, pero no lo hice, las luces permanecían apagadas y solo quedaban pequeños focos que daban vueltas, todos estaban concentrados, nadie nos prestaba atención, y disfrutaba que Daniel me tocara. Volvió a hacer presión en el lugar, gemí más fuerte. Mi trasero chocó con su erección y sentí un fuego que recorría todo mi cuerpo.

Me volteó para que quedáramos frente a frente. Sus ojos ardían, respiraba de forma acelerada y poco profunda, tal y como yo lo hacía. Con una mano me rodeo la espalda para presionarme contra su cuerpo y con la otra tomó mi cuello suavemente, entonces suspiró.

—¿Te pusiste ese labial rojo para desafiarme? —no habló muy alto, pero logré descifrar lo que decía.

—El mundo no gira en torno a ti.

Esa mirada...

Recordé cuando quiso detenerme esa noche que me confesó lo de Katy, le quité mi brazo para que me dejara ir. O en la ceremonia de cumpleaños, cuando lo amenacé para que dejara en paz a mi familia... Era esa misma mirada que parecía arder.

Su pulgar se posó en mi labio inferior y corrió el labial hacia mi mejilla.

Me acerqué a su oído y susurré:

—¿Quieres follarme duro?

Enredó su mano en mi cabello y me jaló hacia atrás.

—¿Quieres que lo haga?

Lo miré por unos segundos y me mordí el labio inferior.

—Sí.

Sonrió maliciosamente, sus ojos ardieron en las mismas llamas que quemaban mi cuerpo. Tomó mi mano con fuerza y me guió por el tumulto de personas que aún bailaban.

Evité pensarlo demasiado, porque de seguro me arrepentiría. Quería hacerlo y punto, tenía curiosidad, moría por saber si Daniel podía hacerme sentir ese placer que tan bien describía Katy.

¿Qué me haría? ¿Me azotaría con un látigo? ¿Me amarraría con una cuerda? ¿Cubriría mis ojos?

Me subí en el asiento del copiloto y arreglé mi maquillaje mientras Daniel encendía el coche y aceleraba en dirección a su casa. Los nervios comenzaron a presionar mi estómago, mantuve la mirada en mis manos y le sonreía al chico en cada semáforo que se detenía.

El tiempo que viví en Puerto Montt siempre estuve soltera, pero nunca sola. Algunos compañeros de carrera, chicos que conocía en centros nocturnos, el gerente general de marketing de mi trabajo, entre otros, terminaron en mi cama y la pasaba increíble, pero jamás había estado nerviosa. No tanto como ahora.

Cuando abrió la puerta principal de su casa mi estómago estaba apretado, mis piernas tiritaban y mi corazón se aceleró. Era un lugar demasiado grande para solo una persona, pero estaba tan bien decorado que se veía acogedor. La entrada tenía un pasillo corto con muebles llenos de fotografías, libros y cuadros. Me detuve para observar los retratos de una niña.

—Que linda —dije mientras tomaba una fotografía en la que salían Daniel y la niña.

—Es mi ahijada —sonrió —. Tiene seis años y le encanta la cámara.

Sentí una punzada en el corazón, mi hijo tendría esa edad.

—¿Quieres beber algo?

Negué mientras caminábamos a la sala principal. Tenía unos ventanales gigantes que daban hacia un jardín que no podía distinguir por la oscuridad de la noche. Había un sofá en forma de L, un televisor y un equipo de música. En un rincón se encontraba el minibar con su propio frigobar, vasos y copas, además de vino, ron, vodka, whisky y otras botellas que no lograba distinguir.

Daniel se preparaba un trago mientras yo admiraba el entorno.

—Antes de todo, debemos dejar algunas cosas claras.

Mis nervios incrementaron, pero esta vez ya no solo era curiosidad sino también un poco de miedo. Tomé asiento en el sofá y lo observé atentamente hasta que llegó a mi lado.

—Debes ser totalmente sincera.

Asentí nerviosa.

—¿Tienes miedo?

—Un poco.

—¿Curiosidad?

—Bastante.

—¿Quieres que te folle?

—Sí.

—¿Tomas algún método anticonceptivo?

Me quedé en silencio, no sabía cómo responder sin dar mucho detalle.

—¿Sí o no? —insistió.

—No lo necesito.

Me miró a los ojos por algunos segundos.

—Bien… —bebió un trago de su bebida—. Hay ciertas cosas que debes tener claras. Primero: no soy el mismo allá dentro —señaló hacia la escalera—, no soy compasivo, cuando algo me gusta no me reprimo, por lo tanto, tú debes detenerme.

Asentí con mucha seriedad.

—No te besaré en los labios, no es lo mío. Sé que no cumplirás órdenes, pero te castigaré si no lo haces y será duro. Por último, la habitación no está habilitada para que duermas en ella, por lo tanto, dormirás en la mía y yo en el sofá, no comparto cama con nadie. ¿Entendido?

Volví a asentir.

—Háblame —subió el tono de voz, estaba ordenándome que lo hiciera.

—Sí —dije haciendo una mueca.

Se tomó lo que quedaba de licor en el vaso y tendió su mano para llevarme hasta esa habitación de la que tanto había leído.

—No te confíes por haber revisado el diario de Katy —dijo mientras subíamos las escaleras—, tengo pensado algo muy diferente para ti.

Eso me ponía más nerviosa. Creí saber qué iba a pasar.

Había tantas puertas y todas eran iguales, podía ser cualquiera. Me llevó hasta el fondo del pasillo y nos detuvimos frente a una pintura del mar. Esa era la habitación.

—Una última cosa… —ambos nos miramos, su expresión ya había cambiado—. Adentro, yo soy el amo.

Tomó una llave de color azul y abrió la puerta, entonces sentí que me había transportado al siglo XVI. Caminé unos centímetros y frente a mí se veía un arco de madera donde colgaba una cadena con dos muñequeras, bajo él había una mesa de madera con algunos clavos al centro, hice una mueca.

Seguí recorriendo la habitación mientras Daniel dejaba sus pertenencias en una mesita de noche que desentonaba totalmente. En la muralla había tres varillas colgadas, todas de diferente tamaño, además de un látigo y una fusta. Luego encontré un armario, el cual tenía mucha curiosidad de abrir.

—Dejemos eso para después —estaba al otro extremo de la habitación observando cada uno de mis movimientos.

—¿Qué es todo esto? —dije horrorizada. Detrás de Daniel había un caño de madera, no podía imaginar para qué.

—Así es la cosa —se acercó a mí—, ya estás dentro, por lo tanto, no puedes salir. Prometo que no te torturaré si es lo que piensas, todo está calculado para que sientas un dolor soportable.

Tragué saliva y asentí.

Se posó a un metro de mí, me miró de pies a cabeza y sonrió de esa manera que me causaba escalofríos, pero a la vez cosquillas en la entrepierna.

—Quítate la ropa —dijo en seco.

Lo miré por algunos segundos. Era la primera vez que él me vería desnuda, no podía llegar y quitarme todo, así como si nada.

—Obedece —su tono de voz se había vuelto más grave.

Suspiré. Primero me quité los tacones y los *jeans* para terminar con mi suéter y la remera, todo bajo la mirada ardiente de Daniel. Me quedé en ropa interior y esperé nuevas instrucciones.

—El sujetador también —era como si disfrutara el espectáculo.

—Claro que no, menos si me observas… así —friccioné mis piernas para tener un poco de calor, hacía frío dentro de la habitación.

—Quítatelo.

Lo miré seriamente para demostrar mi molestia. Llevé mis manos al broche del sujetador y lo desaté lentamente, pensé dos segundos antes de descubrir mis pechos. Daniel parecía furioso. Me miró de pies a cabeza, yo desvíe la mirada por vergüenza y respiré profundo para que mis mejillas no se pusieran rojas.

Se acercó un poco más y rozó uno de mis pezones.

—Tienes frío —afirmó en un susurro.

—Es obvio, estoy desnuda —dije en tono burlesco.

Su diestra golpeó mi trasero con fuerza y grité de dolor.

—No olvides quién es el amo —apretó la nalga que aún estaba resentida—. Ponte bajo el arco.

Obedecí aun más molesta, lo miré con desagrado y él rió como si disfrutara todo esto. Con una fuerza que no le conocía, movió la mesa de madera y la dejó a un costado del arco.

—Levanta tus manos, piernas juntas y mirada al frente.

Demonios, no quería hacer todo lo que me pedía, me sentía como su sumisa, y no me gustaba.

—Hazlo.

Mantuve la mirada gacha, no lo iba a hacer.

—Bueno no esperaba que obedecieras demasiado —dijo con ese tono grave. Parecía molesto, pero su rostro me decía otra cosa.

Tomó mi mentón y lo elevó para que mi mirada quedara en algo que estaba cubierto con una sábana, luego levantó mis brazos y ajustó una muñequera en cada extremidad. Se quedó mirándome un momento, sus ojos eran consumidos por las llamas y su erección comenzaba a notarse tras el pantalón.

Caminó hasta la sábana y la jaló para dejar al descubierto un enorme espejo que reflejaba mi imagen atada al arco.

—Quiero que observes cada momento de tu sumisión.

Comenzó a quitarse el suéter y tomó una de las varillas, por suerte era la más gruesa. Se colocó a mis espaldas y lo observé a través del espejo, sonrió y azotó con fuerza la vara contra mi trasero. Grité tan fuerte que mi garganta se desgarró, por instinto mis manos trataron de acudir al lugar, pero solo logré que mis muñecas se hirieran con el cuero que las rodeaban.

—Uno, por tus labios rojos —volvió a golpear con fuerza y yo repetí mi reacción—. Dos, por no obedecerme dentro de esta habitación. Y habrá un tercero si no observas el espejo, quiero que veas cómo te follo bien duro.

Lanzó el objeto a una esquina de la habitación, se quitó la remera y comenzó a desabrocharse el pantalón.

Mi trasero ardía, sentía como si la carne estuviera expuesta, roja y sangrando. Por suerte mis piernas estaban bien y aún podían sostener mi cuerpo para no causarle más sufrimiento a mis muñecas. Mantuve mi vista al frente y vi mi reflejo en condiciones que no me agradaban, pero no desvíe la mirada por miedo a un tercer golpe.

Daniel estaba completamente desnudo. Tenía unos brazos trabajados, un torso formado, un abdomen tonificado, y un miembro…

—Mira el espejo —exigió.

—Tú puedes mirarme desnuda detenidamente, pero yo no puedo dar un vistazo a tu cuerpo.

Se acercó sonriente, parecía burlarse de mí.

—¿Quieres un tercer golpe?

—Te aprovechas porque estoy atada —lo miré desafiante.

Me tomó por la cintura y me presionó contra su cuerpo, su erección quedó bajo mi ombligo lo que me causo risa. *Fallaste*, dije para mí.

—No estaba equivocado. Tu desobediencia, tu deseo de desafiarme y burlarte de mí, me excita demasiado —llevó sus labios a mi cuello y comenzó a recorrerlo con húmedos besos.

Llegó un cosquilleo intenso a mi entrepierna, cerré los ojos y gemí en un suspiró. La zurda de Daniel alcanzó uno de mis senos y lo acarició con suavidad. Su diestra tomó mi mentón y lo elevó bruscamente para dejarse espacio. Volví a gemir, Daniel gruñó de manera placentera y jaló mi pezón. Se distanció para mirarme y sonrió de esa manera que pocas veces veía.

Giró en torno a mí hasta llegar a mi espalda, subió sus manos hasta mis muñecas y recorrió mis brazos con las yemas de sus dedos.

—No sabes cuánto deseaba verte atada, sin poder negarte a nada —susurró en mi oído—. Mira cómo te someto, Natalie —ambos observamos el espejo.

Su mano bajó por mi abdomen y abrió la ropa interior para meterse en mi entrepierna. Tocó mi clítoris de manera lenta ocasionando choques eléctricos en la zona, mientras su otro brazo me tenía con fuerza provocando que su erección golpeara mi trasero.

Al principio me avergonzaba verme en el espejo siendo tocada por Daniel y gimiendo de placer, pero después de unos minutos, pese a que miraba mi reflejo no estaba concentrada en ello, el placer era demasiado. Sus movimientos se iban haciendo más rápidos y presionaba más fuerte mi clítoris, los choques eléctricos recorrían mi cuerpo culminando en mi entrepierna, cada vez se hacían más intensos hasta que dieron un golpe certero en el lugar. Un orgasmo que jamás había tenido me inundó, mi gemido se entrecortó y mis piernas se sintieron débiles. Daniel se ubicó frente a mí y me tomó entre sus brazos rápidamente para no dejarme caer, por instinto rodeé su cadera con mis extremidades inferiores y nuestros rostros quedaron frente a frente.

Con sus dedos, corrió mi ropa interior abriéndole paso a su miembro para que entrara lentamente. Me dolió, no con la intensidad de una primera vez, pero lo suficiente para quejarme y jalar mis brazos dañando mis muñecas. Sus movimientos tocaban mi punto G con un vaivén que cada vez se hacía más placentero. Miré nuestro reflejo, estaba observando cómo me follaba y eso me gustaba, me excitaba y me concebía un placer mayor. Sus brazos me apretaban con fuerza, sus dientes le daban mordiscos a mi lóbulo, luego a mi cuello, hasta llegar a mi clavícula, Daniel daba quejidos graves casi inaudibles que me provocaban un cosquilleo en el estómago.

Otro orgasmo, di un gemido largo y dejé caer mi cabeza sobre su hombro, estaba agotada. Su respiración era acelerada igual que la mía, podían combinarse y llevar el mismo ritmo.

Daniel dejó caer mis piernas y se separó de mí para sacar la cadena del arco; aun así, me encontraba atada. Sentí un dolor punzante en ambos brazos al bajarlos, los percibí frágiles y paralizados. Él me guío hasta la mesa de madera y me observó por unos segundos, parecía admirarme mientras estaba de pie.

—Quiero que dejes sobre la mesa solo la parte alta de tu cuerpo, tus pies en el suelo y tu culo ofreciéndose a mí —me daba instrucciones con una expresión seria, pero su voz ya había vuelto a la normalidad.

Obedecí y adopté la posición que él deseaba. Daniel tomó la cadena y la enganchó a uno de los clavos, dejando mis brazos estirados y prisioneros de una mesa. Luego comenzó a bajar mi ropa interior lentamente hasta llegar a mis tobillos, besó mis glúteos y yo levanté los pies para deshacerme de la última prenda. Se levantó y acarició mi trasero antes de darle unas cuantas nalgadas, di pequeños gritos que se transformaron en gemidos cuando el dolor se convirtió en placer. Tomó mi cabello y lo juntó en una cola para jalar de él.

—Te voy a follar duro, Natalie.

—¿Es una amenaza? —dije en voz baja.

Jaló más fuerte de mi cabello.

—Es una advertencia.

Con su otra mano me tomó de las caderas y me empujó hacia él, a la vez que su miembro me penetraba con fuerza. Sus movimientos eran más bruscos y golpeaba mi trasero, pero ya no sentía dolor, solo placer. Soltó mi cabello y sus labios comenzaron a recorrer mi espalda, sentí un goce que nunca había experimentado: era intenso, persistente y producía un calor ardiente en todo mi cuerpo.

Tercer orgasmo, fue más increíble que los otros, volví a hacerme daño en las muñecas y gemí mucho más fuerte que antes. Daniel no cesó su movimiento brusco, podía escuchar sus respiraciones fuertes, cortas y rápidas que se transformaron en quejidos graves y discretos, hasta que llegó al orgasmo y me penetró de manera profunda, entonces volví a gemir. El chico se quedó unos minutos reposando sobre mi espalda, tratando de recuperar el aliento, estaba agotado.

Quizás era el alcohol en mi sangre, pero había sentido una sensación exquisita e indescriptible, como si Daniel me conociera de toda la vida y supiera dónde tocar para llevarme al punto culmine del placer.

Capítulo 9

Desperté sobresaltada, otra vez había soñado con el bebé.

La luz del sol entraba por las cortinas de mi habitación, pero el lugar seguía con bajas temperaturas. Un escalofrío recorrió mi cuerpo y me di cuenta de lo empapado que estaba mi pijama por el sudor.

Aún sentía un nudo en la garganta y las lágrimas recorrían mis mejillas de manera involuntaria. Me quedé un rato tratando de asimilar que todo había sido un sueño, que jamás tendría a ese niño entre mis brazos, pero eso me dolía aun más. No podía consolarme, nada me hacía sentir mejor o menos culpable. Katherine no dejaba de repetir que lo superaríamos juntas, que ni siquiera había pasado una semana y que la herida estaba fresca, pero yo sentía que jamás dejaría de doler.

Me levanté para darme una ducha, quizás mi hermana todavía dormía y no quería molestarla por un sueño repetitivo. Por suerte, estábamos solas. Mamá, Elías y Jocelyn habían ido unos días a la playa para distraerse de la ciudad.

El agua caliente me hacía sentir mejor, recorría cada rincón de mi cuerpo y relajaba mis músculos, se llevaba las lágrimas y sudor de una pesadilla que hería mi corazón.

Por otro lado, estaba Max, quien no había dejado de llamarme, mandarme mensajes y golpear la puerta de mi casa, no quería verlo por miedo a mi reacción, no quería llorar delante de él, no quería su consuelo ni su lástima. También lo culpaba por lo que hicimos, pese a que yo había tomado la decisión.

Sentí una punzada en mi vientre, como dolores menstruales que fueron aumentando rápidamente. Cerré la ducha y traté de salir, pero no podía moverme. Caí en la bañera y me percaté de la sangre que corría por mis piernas.

—¡Katy! —grité lo más fuerte que pude—. ¡Katy!

Traté de ponerme de pie, pero el dolor era intenso y adormecía mis extremidades. Grité otra vez el nombre de mi hermana. Toqué mi entrepierna para verificar que la sangre provenía de ahí y mis dedos salieron cubiertos de ella.

La puerta se abrió de golpe y Katherine corrió hacia mí.

—Llama a una ambulancia —le dije en shock.

Sin pensarlo, corrió hasta su habitación y buscó su celular. Volvió mientras esperaba a que respondiera emergencia.

—Mi hermana tiene una hemorragia —gritó a la persona del otro lado—. No lo sé...

Estaba desesperada, al igual que yo. No sabíamos qué estaba sucediendo y qué tan grave era.

—Katy, es mi útero —dije casi sin voz.

Ella me miró y comenzó a explicarle al telefonista.

Me sentí mareada, la luz me molestaba en los ojos y escuchaba la voz de mi hermana muy lejos.

—¿Naty? —gritó. Fue lo último que escuché.

Desperté con la respiración entrecortada, asustada por cómo los recuerdos habían invadido mis sueños, había revivido cada momento a la perfección, como si todo hubiera ocurrido ayer.

Me incorporé confundida, al abrir los ojos tuve la sensación de que estaba en mi cama, pero aún seguía en la habitación de Daniel, tan mate y poco iluminada como la recordaba. De día lucía igual que de noche: apagada.

Mi ropa estaba donde la había dejado, así que me vestí lo más rápido que pude, evitando los tacones para no hacer ruido al salir. Miré mis muñecas antes de ponerme el suéter, estaban peor que en la madrugada. Las rodeaba un hematoma morado oscuro que resaltaba sobre mi piel. Por suerte aún no era verano y podía seguir ocultándolas.

Bajé hasta el primer piso, muy silenciosa, y tomé mi bolso de noche.

Daniel dormía en el sofá, su expresión estaba relajada y parecía inofensivo. No podía negar lo guapo que era y que me atraía bastante, pero lo de anoche me tenía confundida. No sé por cuánto podría soportar una sumisión y que me tratara de esa forma tan fría. No me imaginaba a Katherine en mi lugar, ella siempre había sido una persona cariñosa y tierna.

Abrí la puerta lo más despacio que pude y me puse el calzado antes de salir en busca de un taxi que me trasladara a casa, solo quería darme una ducha bien caliente y olvidar lo que había sucedido pese a que me agradara.

Sentí placer, no podía negarlo, pero definitivamente esto no era para mí, ya había quedado más que claro que lo sumisa no me salía bien y no quería fingir todo el tiempo. Lo mejor era olvidar lo sucedido y comunicarme con el doctor solo si era necesario.

Llegué a la soledad de mi hogar, si se le podía llamar así. Todo estaba en el mismo lugar, incluso los envases de cerveza que vacié por completo en el fregadero y eliminé en el reciclaje de vidrio. Dejé una vestimenta casual sobre mi cama para cuando saliera de la ducha y me desvestí para entrar en el agua caliente que me relajaba por completo.

Me transporté a mi sueño y me permití seguir con mis recuerdos...

Abrí los ojos, las luces me encandilaron, pero aun así podía reconocer la silueta de Katherine sentada junto a mí.

—¿Cómo te sientes? —susurró mientras acariciaba mi frente.

Parpadeé reiteradas veces para lograr ver su rostro; estaba preocupada, pero intentaba sonreír.

—¿Dónde estamos? —mi voz se oía ronca y baja, no tenía las fuerzas para que se oyera.

—En el hospital, la ambulancia te trajo.

Me alteré al recordar lo que había pasado.

—¿Le dijiste a mamá?

——No. Insistieron en que la llamáramos, pero les rogué discreción. Además… Max firmó como adulto responsable.

Sentí un dolor en el pecho al escuchar su nombre. Miré hacia el mueble donde se encontraban mis cosas, ahí reposaban un ramo de lirios rojos, mis favoritos.

—¿Estuvo aquí? —tragué saliva para desatar el nudo que se había formado en mi garganta.

—Está afuera, esperando a que despiertes.

—No quiero verlo —dije en seco. Me dolía no ver al hombre que amaba, pero… ya no quería amarlo.

—Se lo diré —mi hermana siempre iba a estar a mi favor, pese a que no hiciera lo correcto.

Un hombre entró a la habitación, por su traje blanco me atrevía a decir que era el médico. Sonrió al verme y tomó mi ficha clínica.

—¿Cómo se siente, señorita Bórquez? —me miró atentamente y esperó mi respuesta.

—Mareada, pero lúcida —afirmé segura.

—Bien, necesito que firme un consentimiento preoperatorio.

—¿Me harán una cirugía? —dije preocupada.

El doctor miró a mi hermana, quien negó con la cabeza y agachó la mirada.

—De acuerdo...

Me quedé en silencio esperando una respuesta, hasta que el hombre decidió hablar.

—Señorita Natalie, su útero está muy dañado y es irreparable. En una fecundación su órgano no podría anidar al cigoto, por lo que sufriría abortos espontáneos —me explicó.

Traté de asimilar todo lo que me decía, pero aún estaba algo aturdida.

—¿Soy infértil? —las lágrimas se asomaron al escucharme.

—No exactamente, puede ovular, pero un feto jamás sobrevivirá en su útero, las paredes quedaron destruidas por el raspado que le hicieron.

—No podré tener hijos... —susurré.

—No —me dijo el médico de forma seria—. La cirugía que le proponemos es una cauterización de trompas de Falopio, para evitar los abortos espontáneos que sufriría en caso de una fecundación.

Era demasiado para mí. No quería un hijo porque solo tenía diecisiete años y porque no era el momento, ni el padre indicado. Pero esa decisión me había dejado sin posibilidades de ser madre, nunca podría tener un bebé.

—Naty, todo el equipo médico cree que lo mejor es la cirugía. Los abortos espontáneos son peligrosos, podrías sufrir otra...

—Déjenme sola —las lágrimas recorrían mis mejillas. Ambos me miraron, con lástima—. ¡Quiero estar sola! —grité.

Mi gemela asintió y abandonó la habitación junto al médico.

Corté el agua repentinamente, quería despertar de ese trance, los recuerdos me dolían demasiado. Aún no había dejado mi error en el pasado, seguía atacándome como una navaja en el corazón y lo peor era no tener a Katherine para hablar de ello. Este secreto solo lo conocían Max, Katy y yo, y así se quedaría, un suceso que nos llevaríamos a la tumba.

Me vestí rápidamente y tomé las llaves del automóvil, ya no quería pensar más.

Mi tiempo era reducido con el trabajo y mis cosas personales, no me había dado un espacio para visitar a mi familia. Quizás este era el momento ideal.

—¡Hija! —dijo mi madre sorprendida. Me abrazó con fuerza y tomó mi mano para que entrara a la casa—. Hace tiempo no venías.

—He estado muy ocupada: el trabajo, la boda de Emily...

—Es verdad, qué feliz estaría Katy —sonrió llena de nostalgia. Siempre que nombraba a mi hermana, la recordaba.

—¡Natalie! —gritó Jocelyn mientras corría hacia mí.

Me agaché para quedar a su altura y abrazarla con fuerza.

—¿Cómo has estado, pitufa?, ¿cómo va la escuela?

—Bien, todo bien —sonrió y volvió a abrazarme.

Mi hermanita era muy cariñosa y le gustaba demostrarlo, pero noté algo raro en ella. Hace bastante que no iba a verla, pero me abrazaba como si no me hubiera visto en años. Miré a mi madre, que observaba con atención la reacción de mi hermana. Me hizo un gesto para decirme que luego hablábamos.

—Natalie —se separó de mí para hablar—, entré a un concurso de dibujos. El maestro de Artes dice que tengo un don. ¿Quieres verlos? —sonrió feliz.

—Claro —dije entusiasta.

Jocy corrió escaleras arriba para buscar sus dibujos, mientras yo acompañaba a mi madre a la cocina. Su expresión me decía lo preocupada que estaba, se mordía el labio inferior y escuchaba atentamente cómo Jocelyn cerraba la puerta de su habitación. Me miró y comenzó a hablar muy despacio.

—Tu hermana no está bien —secó una lágrima que quería salir de sus ojos.

—Noté una conducta extraña, pero no creo que sea para preocuparse.

Mi madre negó con la cabeza y miró por la ventana, supongo que para evitar llorar.

—No recuerda cómo murió Katherine —tuve que leer sus labios, casi no emitió sonido.

—¿A qué te refieres? —me acerqué para escuchar.

—Al principio no recordaba haber visto… a Katy. Por un lado, me sentí feliz porque esa no era una buena imagen para una niña de ocho años. Pero luego comenzó a olvidar más cosas: que habíamos ido donde los abuelos, que Katherine estaba enferma. Me preocupa, Naty. Me preguntó de qué había muerto su hermana.

La miré por unos segundos, sus ojos estaban llenos de lágrimas y suspiraba para lograr respirar, entonces lo supe. Mi madre tenía miedo de que Jocy tuviera lo mismo que Katy y que corriera peligro.

—Quizás está en shock —dije para tranquilizarla.

—Quiero que la vea un especialista. ¿Podrías hablar con el doctor Daniel?

Su nombre hizo eco en mi cabeza, además de revivir recuerdos de la noche anterior. Me estremecí y sentí cosquillas en mi entrepierna, casi como si sus manos estuvieran ahí.

—Te daré su número —dije rápidamente, quería evitar todo contacto con él.

—No, hija, habla tú con él, por favor —sus ojos me miraron de esa manera reluciente. Era mi madre, ¿cómo podía decirle que no?

—Lo llamaré durante la semana.

Jocelyn llegó a los minutos con su cuaderno de dibujos, había unos maravillosos y otros que definitivamente me demostraban que ella tenía un don, pero no pude disfrutarlos del todo. Estaba concentrada en su conducta, en su forma de hablar y en sus expresiones. Además, no podía dejar de pensar en Daniel.

Llegué a mi departamento mucho más estresada que cuando había salido de él en busca de paz. Dejé mi bolso en la mesa de centro y me dirigí a la cocina, necesitaba una copa de vino para digerir todo lo que estaba ocurriendo. Me senté en el sofá a beber de manera delicada el líquido rojo intenso que me recordaban la pasión y desenfreno que había vivido la noche anterior. Podía sentir las manos de Daniel recorriendo mi cuerpo, acariciándome. Definitivamente esa sensación de placer y sumisión no se comparaban con nada, y estaba segura de que solo Daniel podía hacerme sentir así. Pero no podía volver a ocurrir. Ese era el hombre con quien Katherine había perdido su virginidad, de seguro era importante para ella, yo no podía seguir una relación con él, menos de ese tipo.

Me serví otra copa de vino, necesitaba relajarme y pensar en otra cosa, debía liberar mi mente de aquel momento. Yo no era una sumisa, no podía actuar como una, no podía ser servicial y dejar que Daniel me sometiera a sus fantasías sexuales. Tengo que alejarme de él, buscar respuesta en el diario de Katy y a otro terapeuta que pueda tratar a Jocelyn. Ya era demasiado tarde para seguir negándome a su sumisión.

Caminamos por el sendero en silencio, observando cada uno de los nombres de aquellas personas que querían ser recordadas. Jocelyn tomaba con fuerza mi mano, sentí que tenía miedo y que no sabía bien hacia dónde nos dirigíamos. Le sonreí para que se sintiera tranquila, de seguro era difícil para ella estar en un cementerio y no saber exactamente qué hacíamos en él.

La mañana de ese día, mi hermanita me había llamado por celular explicando entre lágrimas que no recordaba dónde estaba Katy, que necesitaba verla y decirle cuánto la extrañaba. Traté de recordarle sutilmente que nuestra hermana ya no estaba entre nosotros y que su cuerpo se encontraba en el cementerio, entonces me suplicó que la llevara.

Nos quedamos paradas frente a la lápida que recordaba el lugar en que se hallaba nuestra hermana. Le entregué las flores a Jocy para que las dejara sobre el lugar y pudiera acercarse a saludar a Katherine.

—Hola, Katy —dijo dulcemente—. Trajimos claveles rojos, tus favoritos —su voz temblaba mientras intentaba contener las lágrimas—. ¿Crees que ella nos escuche? —me preguntó.

—Claro que sí —me acerqué para ser parte del momento—. Ella está con nosotras todo el tiempo —acomodé su cabello y acaricié su mejilla.

—La extraño —susurró. No pudo contener las lágrimas y buscó consuelo en mis brazos.

—Yo también, Jocelyn.

Dejé que llorara algunos minutos en mi pecho y esperé a que se despidiera de nuestra hermana antes de irnos. Le invité un helado para distraerla y le pregunté cómo iba la escuela, si le gustaba algún chico o si sus amigas eran las mismas de siempre. Ella me preguntó cómo era el vestido para la boda de Emily, traté de describírselo para satisfacer su curiosidad y emocionarla con la idea de un matrimonio.

—¿Tú te casarás pronto? —preguntó sonriente.

Me lancé a reír y negué rotundamente.

—Para tomar una decisión así debes estar muy segura de que ese es el hombre de tu vida, y yo ni siquiera tengo novio.

—¿Qué hay de Daniel?

Mi estómago se apretó y miré sorprendida a mi hermanita. Para tener ocho años no se le escapaba nada.

—¿El doctor Ferrer? —traté de hacerme la desentendida. Jocy asintió—. Claro que no. Lo he visto un par de veces para hablar de Katy, pero nada más.

—Yo creo que le gustas —dijo risueña.

—No creo que sea su tipo.

—Mamá dice que sus ojos brillan cuando te ve. Eso significa que le gustas.

—Así que ella te ha metido esa loca idea.

Jocelyn se llevó las manos a la boca como si hubiera dicho algo que no debía. Reí por su acción y rápidamente la contagié, logrando mi objetivo.

Dejé a mi hermanita con nuestra madre y me marché antes de que la cena estuviera lista. Mañana debía asistir al trabajo y mi cerebro necesitaba descansar, además intenté evitar que mi madre me preguntara si había hablado con Daniel, aún no le decía que buscaría a otro terapeuta.

Me di una ducha antes de entrar a la cama y descansar del día que había vivido, pero mi mente me jugó una mala pasada y me traicionó llevándome al sueño más extraño de todos: estaba atada de manos en un pilar de acero que se apreciaba frío tras mi espalda, me sentía inmovilizada y sometida ante el poder de un amo. Daniel estaba frente a mí, me observaba de pies a cabeza y sonreía con llamas en sus ojos, entonces me percaté de que estaba completamente desnuda y de que el amo podía hacer lo que quisiera con su sumisa. Me tomó de las piernas y las encajó en su cadera para poder penetrarme con mayor facilidad, sus labios se apoderaron de mi cuello mientras se movía en un vaivén que me llevaba al máximo placer. Se separó de mí para observar mi expresión mientras me follaba duro. Entonces, otras manos se colaron por su espalda hasta llegar a sus pectorales e incrustar sus uñas en la cálida piel de nuestro amo.

—¿Te gusta, Natalie? —esa voz...

Katherine se asomó por el hombro de Daniel y me sonrió mientras depositaba un beso en el cuello del sujeto.

—Folla increíble, pero tú sabes que su sumisa soy yo.

Capítulo 10

No había hablado con Daniel, y tal vez eso era lo mejor. Debía mantenerme alejada de él y seguir mi vida como si nada hubiera pasado, aunque fuera difícil. No podía dejar de pensar en el roce de sus dedos, su piel contra mi piel, sus labios en mi cuello.

Oculté mis hematomas tras la manga de la blusa y ordené mi cabello antes de salir del coche. Hoy era el matrimonio civil de Emily y debía firmar como testigo legal, eso significaba encontrarme con Max, otro gran problema dentro de mi cabeza.

—¡Natalie! —la chica corrió hasta mí para abrazarme—. Muchas gracias por venir.

—No es nada. Pude pedir el día libre en el trabajo, así que tendré tiempo para descansar.

La chica sonrió y tomó mi mano para guiarme hacia el lugar de la ceremonia. Era una sala con aspecto formal, de murallas blancas y una biblioteca color caoba, los padres de Emily estaban ubicados en el interior hablando con el juez que realizaría la unión, y a un costado se encontraban Carlos y Max hablando relajadamente. Mi estómago se revolvió al sentir los ojos del chico sobre mí.

—Naty —dijo Carlos, acercándose para saludar.

—Perdón por la demora —dije al sentir que solo me esperaban a mí.

—Llegaste a tiempo, nosotros nos adelantamos —dijo Emily nerviosa.

—Hola, Natalie —dijo Max. Se acercó para besar mi mejilla, pero yo me alejé y le ofrecí mi mano.

—Hola, Maximiliano.

El ambiente se volvió tenso y los novios prefirieron comenzar con la ceremonia, para evitar el momento.

Pese a que el matrimonio civil era importante en el ámbito legal, Emily no le dio mayor énfasis, solo firmamos los papeles correspondientes y ellos se besaron formalmente. Sentí que se amaban, que eran felices y que esta ceremonia los unía ante los ojos de la sociedad, pero ellos ya estaban juntos de una manera especial.

Felicité a los novios y me despedí de ellos con un beso en la mejilla, al igual que de sus padres; la madre de Emily parecía sorprendida por mi parecido con Katherine, pero fue respetuosa y no habló de ello. Tomé mi bolso y busqué las llaves de mi coche para partir a mi departamento.

—Naty —Max llegó a mi lado. Estaba agitado, pero no tardó en recuperar el aliento—. ¿Ya te vas?

—Sí, tengo asuntos pendientes —la almohada me espera.

—Me preguntaba si… podemos comer juntos. Mi trabajo no está muy lejos de aquí y…

—Lo lamento, pero debo hacer muchas cosas —lo interrumpí.

—¿Por qué mientes? Te escuché hablando con Emily.

—Bueno, entonces quiero descansar.

—Me has evitado cada vez que nos vemos —dijo evadiendo mi mirada.

—Sí, porque no quiero hablar —mi voz sonó molesta, y con justa razón, no tenía por qué darle explicaciones.

—Pero yo sí quiero —sus ojos buscaron a los míos, hasta encontrarlos—. Lo necesito, Natalie, por favor.

Su mirada me suplicaba. No sabía qué decir, sentía que no podía negarme, después de todo, jamás le había dado la oportunidad de expresarse con respecto a nuestro tema.

—De acuerdo —susurré —. Sube al coche.

El chico rápidamente tomó el lugar de copiloto mientras yo me ajustaba el cinturón, encendí el vehículo y aceleré sin rumbo, no quería detenerme en un restaurante o un café, solo deseaba conducir hasta encontrar un lugar donde aparcar y poder hablar con Maximiliano. A los cinco minutos comencé a arrepentirme de mi decisión, quería abrir la puerta y salir corriendo para no tener que escucharlo, pero ya estábamos aquí, tenía que hacerlo.

Estacioné frente a un parque y me puse cómoda antes de oír esas palabras que había evitado por tanto tiempo. El chico me miró incómodo por el lugar que había escogido para entablar nuestra conversación.

—Bien, te escuchó —dije fría, acomodando mi cabello.

—¿Podemos salir al menos?

Suspiré fastidiada y decidí abrir la puerta del vehículo.

Nos sentamos en unas de las bancas que había frente a los juegos de los niños. Por el horario, solo se encontraban algunas mujeres con cochecitos y deportistas haciendo su rutina diaria. Traté de respirar hondo y no estar molesta como cada vez que veía a Maximiliano, quería escucharlo sin gritarle o interrumpirlo, pero mi corazón me suplicaba salir corriendo, no quería que la herida se abriera aun más y doliera con la intensidad del primer día.

—Jamás tuve la oportunidad de pedir disculpas —dijo el chico observando a las mujeres que paseaban a sus hijos—. No contestaste mis llamadas ni mis mensajes, no me abriste la puerta... nada.

—Te odiaba.

—Lo sé —alzó la voz a tal punto de que la chica que trotaba cerca de nosotros se detuvo para comprobar que todo estuviera bien.

Le sonreí a la deportista para que entendiera que solo estábamos hablando, ella continuó con su trote.

—Quizás eso ya no importa —continuó, se giró hacia mí y me miró a los ojos—. Lo lamento.

Conocía a Maximiliano, habíamos estado mucho tiempo juntos y siempre fue sincero con sus sentimientos. Podía ver cómo sus disculpas eran de corazón, se reflejaba en sus ojos.

Pero no pude articular palabra, aparté la mirada y busqué consuelo en pensamientos sobre mi trabajo.

—Debí apoyarte y no dejar que este problema fuera solo tuyo —tomó mi mano en busca de atención—. Necesito que me perdones.

—Max, yo...

—Natalie, por favor —suplicó—. Todos los días me pregunto qué hubiera pasado si... él estuviera aquí, con nosotros. Quizás seguiríamos juntos y felices.

—Pero no fue así —mis ojos se llenaron de lágrimas, pero intenté que él no se percatara.

—Lo sé y lo siento.

No pude soportarlo más. Me puse de pie y caminé a mi vehículo, necesitaba llegar a mi casa para estar tranquila, llorar en paz.

—Naty... —Max tomó mi mano y me jaló hacia él. Sus brazos me rodearon y me volvieron prisionera, no podía moverme ni luchar contra su fuerza—. Te necesito —besó mi frente con esa ternura que recordaba, esa que existía hace siete años—. Quédate conmigo —susurró.

Alcé la mirada y vi a ese chico que me había enamorado, que me había enseñado a amar, el hombre de mi primera vez; el que fue delicado y amable. Max se acercó a mí, sentí su respiración sobre mis labios y recordé aquellos besos apasionados que podían detener el tiempo, pero yo ya no era esa chica que creía en el amor, que soñaba con una vida junto al hombre que amaba.

—No puedo —oculté mi rostro en su pecho.

Respiré hondo y me separé del chico para seguir mi camino, necesitaba escapar por lo mucho que había comenzado a arder mi herida.

❄ ❄ ❄ ❄

—Natalie —Almendra me observaba preocupada—. Has estado distraída toda la semana. ¿Estás bien?

La miré aún inmersa en mis pensamientos y asentí. De seguro parecía un zombi.

—Quería mostrarte algo… —tomó su bolso y comenzó a buscar.

Puse los pies en la tierra y me concentré en la chica que parecía muy emocionada, quizás me había dicho algo antes, pero yo estaba pensando en todos mis problemas.

Me estiró la mano con un sobre médico, de inmediato pensé en el bebé. Lo abrí y era su primera ecografía.

—Solo se ve un punto, pero ya tiene corazón, se escucha fuerte y rápido —dio una risita de felicidad.

Lo observé por un par de minutos. No se distinguía bien, pero Almendra me decía que estaba excelente y que en su próxima ecografía se vería más formado. Me alegré por ella y la abracé con fuerza, no pode evitar que algunas lágrimas escaparan de mis ojos.

—¿Seguro que estás bien?

—Sí —dije secando las lágrimas que me hacían parecer una tonta—. Es solo que esta no ha sido una buena semana. De hecho, esto es lo único bueno —sonreí y volví a abrazarla.

Yo jamás me había hecho una ecografía y fue mejor así, no quería conocer a un bebé que no tendría entre mis brazos.

—Señorita Bórquez —la recepcionista se asomó desde mi puerta que siempre estaba abierta—. No contestaba mis llamados, la busca el doctor… —comenzó a pensar.

—¿Ferrer? —se me apretó el estómago.

—Sí, dice que es urgente.

Mi corazón comenzó a latir a mil por hora, mi respiración se aceleró y mi expresión cambió por completo. Fue tan notorio que Almendra dio una leve risita antes de tomar sus papeles y marcharse a la fotocopiadora.

Me levanté digna, acomodé mi vestido negro y mi cabellera, una mirada a mi reflejo en el ventanal y ya estaba lista para ir al encuentro con Daniel. Seguí a la recepcionista, que parecía igual de nerviosa que yo, de seguro lo encontraba guapo, además de sentirse intimidada por su oscura y fría mirada. Respiré profundo cuando lo vi de pie en la recepción, parecía tranquilo, relajado y con esa expresión natural que me hacía sentir mariposas en el estómago. Nuestras miradas se encontraron y yo sonreí como una tonta, grave error; me había abstenido toda la semana de llamarlo porque una parte de mí quería verlo lejos de mi vida y la otra parte venía y sonreía como una obsesionada.

—Hola, Natalie —me saludó de manera formal, nada de abrazos ni besos.

—¿Qué sucede? —ya me estaba preocupando esta visita.

—Quiero hablar contigo.

Me quedé esperando a que dijera algo, pero solo hubo un silencio en que ambos nos miramos.

—Estoy trabajando —no me estaba excusando, era la verdad, ¿no?

—No tomará más de treinta minutos.

Nos miramos a los ojos, vi un poco de ansiedad en su mirar, pero no estaba segura, nunca se sabía con un hombre como Daniel.

—En la esquina hay un café, ¿te parece un buen lugar? —dije como si fuéramos a hablar de negocios, aunque no se me ocurría sobre qué quería conversar este hombre.

—Es perfecto —trató de sonreír, pero fracasó.

—Voy por mis cosas.

Él asintió y me esperó en el mismo lugar, observando cada uno de mis movimientos. Cuando caminé de vuelta noté otro detalle en su expresión, estaba nervioso o eso pensaba porque jamás lo había visto así. Pero… ¿nervioso de qué?

Capítulo 11

Traté de no apartar mi mirada del *cappuccino*, Daniel no dejaba de observarme y eso me intimidaba más de lo que dejaba ver mi expresión. Escuchaba el bullicio alrededor, los hombres de la mesa de junto hablaban de negocios y las chicas de la esquina se reían de manera exagerada, la mitad de la cafetería se volteaba a verlas y suspiraban con desagrado o se contagiaban con su felicidad. Mientras, yo trataba de no hacer contacto visual con mi compañero, esa mirada provocaba demasiado en mí: nervios, miedo, excitación, cosquilleo en mi estómago, en mi entrepierna.

No había dicho nada desde que llegamos, solo le daba pequeños sorbos a su expreso sin despegar los ojos de mí, ni siquiera sabía la razón por la cual estábamos aquí, lo bueno es que no podía hacer nada como tocar mis piernas y llegar a mis puntos débiles en un lugar tan concurrido, ¿verdad?

La mesera volvió a invadir nuestro espacio y preguntó por tercera vez si deseamos algo más, aparté la mirada de la taza y me percaté cómo sus ojos brillaban al ver a Daniel. Claro, era guapo, pero por alguna razón hoy lucía mejor que otros días, más natural y radiante, pero no podía ocultar sus nervios y ansiedad.

—No, gracias —dijo en seco, entonces la chica se retiró. A juzgar por su rostro, estaba decepcionada.

Entonces nuestras miradas se cruzaron.

—Me dejaste.

—¿A qué te refieres? —me hice la desentendida.

—Cuando desperté, no estabas. Te fuiste sin siquiera decir adiós —tomó una galleta dulce y la masticó con furia.

Demonios, estaba enojado. Sentí escalofríos al recordar lo que hacía cuando le molestaban mis actitudes.

—No quería despertarte, parecías cómodo en el sofá —traté de no reírme, no quería ponerlo más furioso.

Entrecerró los ojos y tomó otra galleta, esta vez la partió con sus manos.

—Eso se ve un poco psicópata —dije apretando los labios para verme seria.

Sus ojos ardieron en llamas y su rostro se puso tenso. Sabía perfectamente lo que eso significaba: castigo.

—Trato de guardar la compostura y no arrastrarte hasta mi coche para llevarte a mi casa y cogerte bien duro.

Uno de los hombres que estaba junto a nosotros se volteó al escuchar las palabras de Daniel, me sonrojé y le di una patada al depravado.

—Habla más bajo.

—Me estás provocando, Natalie —tomó un sorbo de café y terminó con un suspiro. Entonces su expresión se relajó—. Vamos al punto, ¿por qué te fuiste? —me miró a los ojos.

—Tenía asuntos que atender —dije un poco molesta. ¿Por qué tenía que darle explicaciones?

—Mientes.

Lo fulminé con la mirada.

—¿Qué sabes tú? No me conoces, no sabes lo que hago con mi vida en los días libres. Además, no eres nadie para darte explicaciones.

Me miró con los ojos muy abiertos. Hacía tiempo que no salía esa parte de mí que lo despreciaba.

—Impredecible como siempre —susurró.

Traté de respirar hondo y relajarme. Hice que la parte de mí que quería verlo se arrepintiera y se diera cuenta de lo mal que estaba todo esto, pero ella seguía deseando el cuerpo de Daniel. Quería que la amarrara de ambos brazos y la azotara con fuerza, que la penetrara como él quisiera. Entonces, la parte razonable de mi mente amenazó con matar a la ingenua.

—¿Qué opinas? —Daniel me sacó del trance.

—¿De qué? —volví a tierra para ponerle atención.

—De lo que pasó entre nosotros. De ser mi sumisa...

Me quedé mirándolo en silencio. Su pregunta me había tomado por sorpresa.

—¿Te gustó? —me alentó a hablar.

Quería negarlo hasta el final, pero antes de que pudiera pronunciar el no, mis labios ya habían susurrado un sí.

—¿Entonces? —su expresión me dejó ver la preocupación que antes solo se reflejaba en sus oscuros ojos.

—Daniel... —suspiré y traté de ordenar mis ideas—. No soy ese tipo de chica, tú lo sabes —él asintió—. Nadie dice que tienes que amar a todos los hombres con los que te acuestes, pero al menos...

Me mordí el labio al sentirme nerviosa, todo esto me confundía y me sobrepasaba, era demasiado para mí. Miré una de mis muñecas, los hematomas ya casi no se distinguían, pero me recordaban todo lo que había sucedido.

—No lo sé. Extrañé las caricias, los besos, despertar junto a alguien al día siguiente. No soy de piedra —suspiré y miré hacia la calle, donde los vehículos se detenían en el semáforo.

—Yo sí, Natalie.

Lo observé de reojo, parecía... ¿triste? Eran emociones nuevas que jamás había visto en su rostro.

—No es cierto —no quise verlo mientras le confesaba algo sincero—, el tiempo que te conozco te he visto sonreír, preocuparte y ser amable.

—En el sexo.

Asentí, no iba a mentirle. Pero quizás eso sucedía porque él no se abría a sentir cariño, eso quería decirle cuando habló primero.

—Quiero que seas mía... que seas mi sumisa —nos miramos a los ojos, hablaba en serio y con mucha sinceridad.

Acercó su mano a la mía, pero la aparté antes de que se rozaran.

—Me he cansado de repetirte que yo no tengo ni la sombra de sumisa —mi voz sonó grave, molesta.

—Entonces mi sumisa desobediente. Esa noche me la pase increíble, me encantó que te comportaras de esa manera tan indomable —sus ojos ardieron y sus labios formaron una sonrisa sensual—. No te estoy pidiendo que finjas, de hecho, lo que más deseo es que te comportes como tú quieras.

Las ganas de que me hiciera suya otra vez invadieron mi cuerpo. El placer había sido espectacular y el rollito de estar atada me excitaba. Entonces, *¿por qué te niegas?*, me pregunté. Porque aún está viva mi parte razonable, contesté.

—Debo volver al trabajo, quizás se están preguntando por mí —me puse de pie y abrí mi bolso para dejar el dinero de la cuenta.

Daniel rápidamente me imitó y no me dejó buscar la billetera, su mano rozó la mía y sentí un choque eléctrico que recorría todo mi cuerpo. Miré el suelo para que no viera cómo mi rostro delataba todo lo que sentía.

—Dime que al menos lo pensaras —tomó mi mentón y levantó mi rostro. Gracias a mis tacones mis labios quedaban a solo centímetros de los suyos.

—Debo volver —susurré paralizada. Su aliento olía a café y, junto a su perfume, hacían la combinación perfecta para volverme loca.

Logré razonar y apartarme de su metro cuadrado. En ese momento me percaté de que la mesera nos miraba con una expresión que me decía: *Estúpida*. Conseguí caminar un par de centímetros antes de voltearme y ver que Daniel aún me observaba, entonces dije:

—Jocelyn no está bien —un nudo se formó en mi garganta al ver cómo su expresión se preocupaba—. ¿Podrías darle hora para una sesión?

Asintió y me sonrió de una manera tranquilizadora. Le di la espalda antes de que pudiera correr a sus brazos y recibir consuelo.

Llegué trotando a la oficina, esperaba que nadie se hubiera percatado de mi ausencia, y así fue. Almendra se había encargado de cubrirme y de archivar todos los papeles que estaban sobre mi escritorio. Me senté en la silla y suspiré aliviada, al menos aquí estaba oculta de su mirada acosadora. Me agarré la cabeza con ambas manos y traté de pensar. Daniel me gustaba demasiado, y quería probar más de su mundo, de su cuerpo, de él, pero no debía...

Almendra se asomó por la puerta y entró muy alegre.

—Está guapísimo —se sentó en la silla y giró llena de alegría.

—Sí —dije con una risita estúpida—. Y coge estupendamente bien —por alguna razón me puse a llorar, entonces la expresión alegre de mi compañera desapareció.

La chica corrió hasta mi lugar y se agachó para verme mejor.

—Oh, Natalie.

No pude soportarlo y me apoyé en su hombro para llorar.

—¿Y está mal que folle increíble? —dijo mientras acariciaba mi cabello.

Reí por su comentario y ella me siguió con el mismo gesto. Me separé de Almendra y sequé mis tontas lágrimas.

—Es que… prefiero negármelo —dije con sinceridad.

—¿Por qué?, ¿él no te gusta o es un hombre malo? —me miró preocupada.

Pensé un poco antes de responder. Por supuesto que me atraía y no era un mal hombre, solo un sádico que parecía atrapado en el deseo de hacer sufrir. Daniel me había mostrado algunas facetas que me agradaban y otras que me atraían bastante. Negué y me mordí el labio, estaba tan confundida que mis emociones se desorientaron.

—Tú le interesas, lo vi en sus ojos —sonrió y me abrazó con fuerza.

Ojalá pudiera decirle que lo único que a Daniel le interesaba es que fuera su sumisa.

Mi cuerpo flotaba en el agua, moviéndose lentamente. Mis oídos eran invadidos por el agua, solo escuchaba mi respiración. Miré el techo de la piscina temperada, reflejaba destellos de luz que provenían del agua, se movían como pequeñas olas. Pese al ambiente, no podía estar relajada.

Mañana era la boda de Emily, el gran día de ella y su futuro esposo, y yo tenía miedo de arruinarlo todo, de no poder ser la madrina ideal que sonríe y está feliz por los novios; no podía hacerlo, no con Maximiliano cerca de mí. Se iba a formar una familia mientras que, el hombre que destruyó la mía, estaría a menos de un metro de distancia.

Cuando tenía diecisiete años odiaba a Max, ya no soportaba verlo en la puerta de mi casa rogando perdón con flores y chocolates. Por eso me fui, porque ya no quería escuchar su arrepentimiento que no solucionaba nada. Ahora... ambos somos adultos y realizamos nuestras vidas por separado. Quizás no lo odiaba, pero no podía perdonarlo, para mí él siempre sería culpable de lo sucedido.

Una lágrima recorrió mi sien y se mezcló con el agua hasta desaparecer. Cómo extrañaba a Katherine, me sentía sola y atrapada en mi tristeza, no tenía con quien hablar ni abrazar en momentos así.

Nadé hacia la escalera para salir del agua y secar mi cuerpo, mis dedos estaban arrugados por el exceso de hidratación y mi pelo necesitaba una ducha tibia para eliminar el cloro, así que lo consentí y terminé un poco adormilada luego de tanta agua caliente. Me hice un café, tomé el mando del televisor y comencé a buscar una película o alguna serie interesante, lo que menos quería era pensar y ahogarme en la angustia. Encontré a los Simpson, aunque había visto la mayoría de los capítulos permanecí en el canal y me reí con las tonterías de Homero.

Mi celular me sobresaltó, me había quedado dormida sin recordar en qué momento sucedió.

—¿Hola? —dije adormilada.

—Hija, ¿cómo estás? —mi madre tenía un tono de voz muy entusiasta, estaba volviendo a ser ella—. ¿Te desperté?

—No… o sea sí, pero estaba en el sofá —bajé el volumen del televisor para escuchar mejor a mi madre.

—Te puedes resfriar, Naty —aún se preocupaba por mí—. Ve a tu cama. Mañana es un gran día y debes estar descansada.

—Sí, mamá —dije como niña pequeña.

—Bueno, te llamaba para darte buenas noticias. El doctor Daniel estuvo aquí y…

Me quedé helada al escuchar su nombre. Una corriente eléctrica recorrió mi cuerpo y me escuché suspirar.

—¿Me estás prestando atención? —dijo mi madre, sacándome del trance.

—¿Y qué pasó?

—Vio a Jocelyn y le hizo algunas preguntas. Me dijo que su mente estaba suprimiendo los recuerdos traumáticos en defensa propia y que era muy normal en los niños. Le recetó algunas pastillas para que se relaje y pueda dormir mejor, además me recomendó que no forzáramos sus recuerdos, que quizás vuelvan solos o jamás aparezcan.

Que mi hermanita estuviera bien me tranquilizaba, no podía perderla como a Katy. Pero me impresionaba la rapidez con la que Daniel había acudido.

—Me alegro, mamá —mi cuerpo aún estaba helado y mi voz apenas se había escuchado.

—Bueno, hija, ya debes descansar. Mucha suerte mañana y que todo salga hermoso.

—Eso espero —susurré —. Buenas noches, mamá.

Se despidió de mí con su dulzura característica y cortó el teléfono.

Me quedé pensando, mirando fijamente el móvil. Quizás debía llamar a Daniel para agradecerle las molestias, pero no era una buena idea. Luego de nuestra conversación sentía que llamarlo se prestaría para volver al tema de la sumisión y que me deseaba. Prefería ahorrarme todo eso y descansar tranquila, mañana sería un día agotador e iba a necesitar energías.

Últimamente no estaba durmiendo bien y sabía perfectamente que hoy las cosas empeorarían. Por esa razón Almendra me había dado algunas pastillas para dormir que robó del velador de su marido: *Cuando está demasiado tenso se toma una entera y duerme profundamente, pero te aconsejo que te tomes la mitad. Eres de menor estatura y contextura,* dijo mientras me entregaba los fármacos antes de que nos separáramos para ir a nuestros hogares. Logré dividir la pastilla en dos con mis dedos y la consumí con un vaso de agua, guardé el resto en mi mesita de noche y me oculté entre las sábanas de mi cama para descansar.

No pensé en nada, ni siquiera desperté en medio de la noche. Fue como si pestañeara y al abrir los ojos el sol entraba por mi ventana iluminando la habitación. La alarma del celular había interrumpido mi sueño, pero anunciaba que ya era hora de empezar el gran día de Emily.

La novia me había citado en su casa para que nos maquillaran juntas y ensayáramos un poco más sus votos, de seguro quería hacerlo con su mejor amiga, pero por ahora solo tenía a su reemplazo. Me arrepentí inmediatamente por mi pensamiento egoísta y amargado.

Se notaban los nervios en su rostro, daba gritos agudos repentinamente y se comía las uñas de manera involuntaria. Traté de tranquilizarla con algunas anécdotas graciosas que viví con Katy y nos reímos a carcajadas para liberar tensiones, pero la verdad es que no me sentía cómoda y la angustia apretaba mi estómago provocando náuseas. Yo no era la persona indicada para estar aquí, conocía muy poco a Emily, había visto un par de veces al novio y la idea de tener que decir unos votos para la pareja junto a Max me provocaba mareos, en dos ocasiones me sostuve de las paredes para no terminar en el suelo.

—Te ves hermosa —dije con sinceridad y sonreí para demostrarlo.

Emily se observó en el espejo, sus ojos se llenaron de lágrimas y respiró profundo para no llorar. Por el contrario, su madre lloraba de manera descontrolada debido a la felicidad.

—Llegó la hora, chicas —dijo la organizadora del evento—. Natalie, ya puedes ir a la iglesia. Emily, vamos a la limusina para que des una vuelta por la ciudad.

Asentí, besé y abracé fuertemente a la novia para desearle mis mejores deseos. Me dirigí a mi coche a toda prisa para no llegar tarde, debía estar antes de que la novia entrara para verificar que el novio la estaba esperando. Leí el salmo y las palabras que debía dedicar, había ensayado un par de veces, pero con Max observándome podía quedar en blanco. Suspiré antes de hacer partir el automóvil y aceleré en dirección al recinto.

Había muchas personas, todos formales y felices por el evento. Ensayé mi rostro en el retrovisor para no expresar el nerviosismo y me dirigí a la entrada principal, donde me esperaba Max acompañado de su novia, Allison.

—Natalie —la chica gritó haciendo señas con las manos.

Sonreí de la manera más natural posible y caminé hacia ellos.

—Te ves hermosa —dijo muy impresionada.

Comenzaba a pensar que fingía todo el tiempo, por lo menos conmigo. Solo la había visto dos veces, pero siempre era demasiado tierna y simpática, como si no fuera la exnovia de su novio.

—Gracias, Em eligió el vestido para mí —no sabía qué más decir.

Miré a Max, estaba nervioso y sus ojos evitaban los míos.

—¿Practicaste el párrafo? —dijo con la mirada perdida entre los árboles que estaban a mi espalda.

—Sí —dije muy segura pese al nudo en mi garganta.

Allison vio a una chica conocida y se alejó de nosotros para saludarla, siempre con ese entusiasmo que le emanaba por los poros. Entonces recordé que yo solía ser así antes de...

—El calipso te queda muy bien —susurró Max. Logré escucharlo, pero preferí que él creyera lo contrario y me alejé rápidamente para no darle tiempo de seguir charlando. Sus actitudes me ponían más nerviosa de lo que esperaba.

Busqué a Carlos, el novio, con la mirada. Estaba charlando con otros chicos de su edad, al verme sonrió y asintió saludándome. Todo estaba listo, solo faltaba la novia.

La organizadora se bajó de una camioneta a toda prisa y comenzó a pedirles a los invitados que por favor ingresaran a la iglesia, luego me hizo una seña para que me acercara.

—Aquí están tus flores —dijo muy acelerada, corría contra el tiempo—. No olvides tu parte —me suplicó, yo asentí.

Una limusina se estacionó frente al lugar. La madre de la novia se bajó primero para ayudar con el vestido, mientras el padre se arreglaba la corbata y esperaba a que Emily apareciera tras la puerta. Entonces una música comenzó a sonar, esa que había escuchado en el ensayo.

—Natalie, recuerda sonreír —dijo la organizadora mientras me jalaba a la puerta principal para ponerme en posición.

Respiré hondo y me repetí: *Tú puedes hacerlo. Debe salirte bien. No solo por Emily, sino porque Katherine lo hubiera querido.*

Entonces, las puertas se abrieron y los invitados se voltearon ansiosos. Sonreí lo más que pude y comencé a caminar con el ramillete de tulipanes. Al fondo del pasillo, junto al sacerdote, estaba Max, mirándome con una sonrisa encantadora, como cuando éramos felices y soñábamos con una vida juntos.

Quería que me tragara la tierra, todos me observaban mientras caminaba al altar y un hombre me esperaba ahí, pero yo no era la novia, ni Max el novio.

Llegué al lugar donde debía permanecer, el novio se ubicó y todos esperamos a que la novia ingresara. Miré a Max por el rabillo del ojo, permanecía oculto tras Carlos y su vista estaba en frente esperando lo mismo que todos, pero antes de que pudiera percatarme volteó el rostro y nuestras miradas se encontraron por unos segundos, sentí como mi estómago se apretaba aún más y en mi garganta se formaba un nudo que ardía al respirar. Me concentré en la entrada de la novia: brillante, perfecta, con una sonrisa en el rostro, un ramillete de rosas calipso y un vestido blanco que se ajustaba a su cuerpo. En una sola palabra: deslumbrante.

El padre de Emily le entregó la mano de la chica a Carlos, todos parecían felices, ansiosos y nerviosos. Tomé asiento en la silla del costado y escuché toda la ceremonia, me levanté para leer mi salmo, siempre con la vista en frente y sin cruzarla con Max hasta que llegó el momento de decir nuestras palabras.

Tomé el listón rojo por un extremo mientras el chico lo tomaba del otro, nos miramos a los ojos para que fluyera esa conexión que la organizadora soñaba con ver. Sonreí de manera forzada, estaba tan nerviosa que no podía fingir. Entonces comenzamos a hablar:

—Yo soy testigo de este amor que es verdadero y sincero. Juro ante Dios y las personas presentes que velaré por él, que le mostraré el camino en la oscuridad y ayudaré a mantenerlo unido frente a la adversidad.

Solté rápidamente el listón y me dirigí al altar para prender la vela roja que estaba en medio de los novios, le sonreí a ambos y volví a mi lugar. Max me observó por algunos segundos, como si esperará a que le devolviera la mirada, pero preferí mantener la vista en frente.

Luego de los votos, el padre dijo esa frase tan esperada: *Los declaro marido y mujer*. Todos aplaudieron y se emocionaron con el beso de los nuevos esposos, los invitados comenzaron a salir para recibir a la pareja con arroz y pétalos de flores, mientras que yo aún estaba en mi lugar, de pie, paralizada quizás porque todo había salido bien o porque Max estaba caminando hacia mí.

—Creí que te ibas a desmayar de los nervios —dijo entre risas.

—No estaba nerviosa.

Sus carcajadas resonaron en la iglesia, por suerte nadie se volteó a vernos.

—Te conozco lo suficiente, incluyendo tus sonrisas falsas que ocultan nervios, odio u otros sentimientos negativos.

Suspiré. No quería darle la razón, pero la tenía.

Allison se asomó entre la gente, sonrió al ver a Max, pero al fijarse en mí, su expresión cambió rápidamente. Al fin se estaba dando cuenta de que no debía tratarme bien.

—Mejor vamos con los novios —dije cortante y caminé a la salida evitando los ojos de Allison.

El lugar del evento era gigante y hermoso, contaba con una piscina al aire libre y un salón de eventos de donde provenían luces coloridas. Todos querían una foto con los novios en la entrada principal, que estaba decorada con un arco de rosas blancas, con Max esperamos nuestro turno para darle a los novios su foto con los padrinos, cuando terminamos le cedí mi puesto a Allison y me alejé lo más rápido posible, estar cerca de Max me producía sensaciones extrañas.

Había garzones por todo el lugar ofreciendo copas de espumante para el brindis, tomé la mía y me quedé a un costado observando cómo todos disfrutaban de la fiesta. Luego de algunos minutos los novios se subieron a un balcón y levantaron sus copas para que brindáramos por su felicidad. Me sentía tan sola y amargada que tomé el espumante en un solo sorbo y dejé la copa en una bandeja.

—Natalie —la organizadora me tomó por sorpresa—. Va a empezar el vals de los novios. Necesito que cuando los invitados formen el círculo, estés cerca del centro para el baile.

—¿Qué baile? —dije desconcertada.

—El vals con el padrino.

Me quedé perpleja mientras ella se alejaba hasta el DJ y adquiría un micrófono. Emily no había mencionado nada de esto.

La música clásica comenzó a sonar y la organizadora anunció el baile de los novios pidiendo que todos formaran un círculo alrededor de la pareja.

La madre de la novia tomó mi mano y me acercó al centro de todos los invitados. Aún estaba desorientada, la noticia me llegó de golpe y yo jamás había bailado vals. Los novios comenzaron a danzar de una manera delicada y elegante, mientras yo trataba de asimilar que aproximadamente cien personas me verían hacer el ridículo. Emily me debía una explicación.

Max se situó frente a mis ojos ofreciéndome su mano, era hora del baile. Lo miré nerviosa y llena de dudas, quería decirle que no podía hacerlo, que mejor bailara con Allison.

—Confía en mí —susurró de manera que solo yo pudiera escucharle.

Respiré hondo y tomé su mano, pero aún tenía miedo.

Adoptamos la posición para comenzar a bailar, la mano de Max estaba en mi cintura y eso me ponía nerviosa, impidiéndome sincronizar los movimientos de mis pies.

—Sígueme —dijo de manera amable, no como una orden, no como lo hubiera dicho Daniel.

Cerré los ojos, traté de no pensar en nada más que el movimiento de mis pies mientras Maximiliano me guiaba de un lado a otro y logré coordinarme con el ritmo de la música.

—Lo estás haciendo bien —dijo muy entusiasmado.

Abrí los ojos y vi una sonrisa en sus labios que era bastante contagiosa. Sonreí.

—Qué hermosa te ves con una sonrisa de verdad.

Desvíe la mirada hacia los novios y traté de cambiar el tema.

—Emily se ve deslumbrante —dije sin apartar la mirada de ella.

—Es la novia... todas las novias se ven impresionantes.

Le di una mirada de odio, su risa me hizo recordar algunos momentos del pasado.

—Algún día tú también serás una novia hermosa.

—Claro que no —respondí rápidamente.

—Si como madrina te ves increíble, como novia serás perfecta.

Rió, pero al ver que mi expresión era seria, borró su sonrisa. Detuve el baile entre nosotros y lo miré a los ojos.

—Nunca seré la novia —dije en un tono de voz para que solo él me escuchara—. ¿Quién querría casarse con alguien que no puede darle hijos?

Un nudo se formó en mi garganta, traté de que mis ojos no se pusieran llorosos, pero algo me quemaba el corazón. Nos observamos por algunos segundos, conocía esa mirada que me suplicaba perdón.

—¿Me permites? —dijo una voz detrás de mí.

Max aún estaba perplejo, por lo que solo asintió y se alejó de nosotros.

No necesitaba voltearme para saber quién había pedido una pieza conmigo.

—¿Qué haces aquí? —dije cuando lo tenía en frente.

Daniel sonrió de esa manera que me hacía sentir escalofríos. Con una mano rodeó mi cintura y con la otra entrelazó sus dedos con los míos, nuestros cuerpos se unieron como dos imanes y comenzamos a danzar. Me miró a los ojos, entonces su expresión cambió.

—¿Qué ocurre?, ¿ese idiota te hizo algo? —parecía molesto, mucho más que cuando no le obedezco.

Desvíe la mirada y lo seguí en el baile.

—Respóndeme, Natalie —ordenó.

—Yo pregunté primero: ¿qué haces aquí?

—Emily me invitó. Tu turno.

—Nada, son cosas del pasado.

Daniel hizo un truco con sus manos, me separó de él y me hizo girar en mi eje para luego volver a sus brazos. Miré avergonzada a nuestro alrededor, pero todos bailaban sincronizados con la música, entonces recordé que debía respirar.

—No te dejes atormentar por el pasado. Vive el día a día.

—Ojalá fuera tan simple. Mis errores me persiguen hasta hoy, Daniel —no pude evitar que un par de lágrimas recorrieran mis mejillas, esas que había contenido delante de Max.

Nos detuvimos al mismo tiempo que la música. Nuestras miradas se encontraron mientras todos aplaudían por los novios. Vi en sus ojos un poco de ternura y compasión, como si comprendiera mi dolor. Secó mis lágrimas con el dorso de su mano y acarició mi mejilla de una manera que jamás esperé de su parte. Desvié la mirada por timidez, había sentido cariño en su cálido roce. Tomó mi mentón con sus fríos dedos, dejándome expuesta a sus deseos, sus brazos me rodearon con fuerza acercándonos aún más. Entonces me besó.

Capítulo 12

Sus labios eran suaves, tibios, húmedos. Mi estómago se apretó como nunca, mis sentidos se durmieron y por inercia había cerrado los ojos. Estaba sorprendida por su acción, pero no quería que se alejara de mí, era reconfortante y acogedor estar entre sus brazos, besando sus labios.

Abrí los ojos, su expresión era neutra. Como si no sintiera nada, como si... fingiera. Me alejé rápidamente y lo observé por algunos segundos, entonces confirmé mis sospechas.

—Eres un idiota —dije llena de ira.

Sus labios formaron esa sonrisa maliciosa que tanto odiaba.

—No vuelvas a besarme de esa forma.

—¿No te agradó? —dijo entre risas.

—Fue demasiado falso.

Quería golpearlo: puñetazos en su rostro, patadas en su entrepierna. Podía imaginar lo placentero que sería.

—Bueno, no soy un actor de primera, pero al principio te la creíste —se estaba burlando de mí, eso era seguro.

—Imbécil —le di la espalda, necesitaba alejarme de él.

—¿Eres el doctor Ferrer? —su voz entusiasta hizo que me detuviera y volteara velozmente.

—Sí —el rostro de Daniel había cambiado.

—He escuchado mucho de ti, no sabía que eras novio de Natalie —Allison lo observaba con admiración.

Iba a protestar y aclarar este malentendido, pero Daniel habló primero:

—Es que lo hemos mantenido en secreto, por ahora.

Hijo de...

—Vaya, qué suerte tienes, Natalie —dijo muy risueña.

—Yo soy el afortunado, esta mujer es increíble —se acercó y rodeó mi cadera con su brazo, nuestros cuerpos se unieron rápidamente. Solo pude reírme como una tonta y disimular.

Maximiliano llegó de un momento a otro, estaba tan nerviosa que no me percaté.

—Max, él es Daniel Ferrer —Allison parecía muy alegre por este encuentro.

Se dieron la mano de manera muy cortés, pero cuando sus miradas se encontraron parecía que Troya estaba ardiendo a nuestro alrededor.

—¿Eras el psiquiatra de Katherine? —los ojos de Max observaban de manera desafiante a Daniel.

—Sí —dijo en seco, ni siquiera le tembló la voz.

—Creo que nos están esperando en la mesa —dijo Allison para escapar de la incómoda conversación y comenzó a caminar hacia el lugar.

—¿Qué edad tienes? —Max siguió con el interrogatorio.

—Treinta y cinco años —y Daniel le seguía el juego.

—¿No crees que Natalie es un poco joven para ti?

Mis ojos se abrieron como platos, esta conversación se estaba tornando extraña.

—Me gusta la carne fresca.

Miré a Daniel y le di un codazo en las costillas. Ahora él estaba desafiando a Max y había conseguido que su rostro ardiera de ira.

—Vamos a sentarnos —dije para tranquilizarlos a ambos.

Para mi mala suerte los padrinos estábamos juntos en la mesa del novio, la novia y sus padres. Vaya mierda. Max no dejaba de mirar con odio a Daniel, mientras este último disfrutaba tranquilamente de su cena. Era tan incómodo que no pude probar bocado, tenía unas náuseas horribles y mi estómago se revolvía cada vez más.

—Max, creo que es momento de dar la noticia —Allison logró que el chico desviara la mirada de Daniel y cambiara su expresión.

—¿Ahora?

Ella asintió con una sonrisa en el rostro.

—Vamos, chicos, me tienen intrigada —dijo Emily.

—Max y yo decidimos casarnos —dijo la chica mostrando una brillante argolla que había en su dedo—. Vamos a formar una familia.

La última palabra resonó en mi cabeza. Maximiliano me observó rápidamente, pero evité sus ojos agachando la mirada.

—Felicidades, chicos —dijo Carlos con una gran sonrisa—. Un brindis por los nuevos novios.

Todos levantaron sus copas, incluyéndome. La noticia había llenado la mesa de risas y felicitaciones, mientras que la herida de mi corazón ardía. Sentí un dolor punzante en el pecho, un nudo se formó en mi garganta y quemaba cuando me resistía a las lágrimas. Traté de disimular con una sonrisa y unirme a la celebración, pero era difícil. Max iba a formar una familia con otra chica como si nada hubiera pasado, iban a tener hijos, a ser felices hasta envejecer juntos y disfrutar de sus nietos. Eso era lo que yo quería, tener un esposo, una familia, la casa perfecta, hijos amorosos... una vida feliz. Pero mis sueños se hicieron añicos cuando tomamos esa decisión errónea.

No soportaba las lágrimas, quería salir corriendo para gritar y llorar sin represiones, sin miradas curiosas y juzgadoras. Entonces sentí el delicado roce de sus dedos en mi muslo, supe de inmediato que no era con una mala intención; era un toque lento, suave, tibio, tranquilizador y me hacía sentir querida, especial, acompañada. Acerqué mi mano a la suya y la dejé reposar sobre ella, este simple gesto me hizo sentir mejor.

Daniel sonrió sin mirarme, tomó mi mano con fuerza y la acercó a sus labios para depositar un tierno beso. Mi mundo se dio vuelta, mi estómago se apretó y mis labios formaron una sonrisa en respuesta al estímulo. Nuestras miradas se encontraron y vi algo diferente en sus ojos, tenían ese color café oscuro de siempre, pero ya no estaban esas llamas que los hacían arder, había algo mejor en ellos que me tranquilizaba y producía cosquillas en mi vientre.

—Dime que no me estás manipulando con tus dones psiquiátricos —dije en voz baja para que solo él me escuchara.

—No —una de sus manos seguía sosteniendo la mía, mientras que la otra acarició mi mejilla—, solo estoy siendo amable. No quiero verte llorar, Natalie.

—¿Por qué? —susurré.

Sonrió de esa manera tan natural que me encantaba y negó con la cabeza como si mi pregunta fuera tonta.

—¿Quieres algo para beber? Yo iré por un whisky.

—Saldré a respirar aire fresco, estoy un poco sofocada.

Daniel asintió y rápidamente se puso de pie para dirigirse al bar que había dentro de las instalaciones.

Dejé mi bolsito en la silla y caminé hacia la piscina, donde no había ni un alma y la música se escuchaba lejos. Respiré hondo, me dejé relajar por la brisa que jugueteaba con mi cabello y helaba tanto mi cuerpo como mi corazón. Necesitaba no sentir, volverme de roca y fingir que estaba feliz por todo lo sucedido.

No estaba celosa. Con Max habíamos vivido una relación increíble, llena de momentos felices y amor, pero nuestro error cambió todo y una parte de mí lo odiaba. Sin embargo, él era una buena persona y merecía lo mejor, de seguro será feliz junto a Allison.

Una lágrima recorrió mi mejilla y mi conciencia grito: *¡Pero es injusto! También queríamos un esposo, hijos, felicidad…* Debo acostumbrarme a la idea de que eso no sucederá, respondí.

Escuché el sonido del césped al ser achatado por una pisada. Sonreí por inercia creyendo que podía ser Daniel, pero al voltear mi expresión se derrumbó.

—¿Estás bien? —estaba afligido, sus ojos tenían una nube de preocupación.

Lo miré por algunos segundos. No estaba procesando lo que me decía, mi cerebro aún no formaba una respuesta.

—Natalie, de verdad lo lamento. Esto estaba programado desde mucho antes, yo…

—No —dije sin pensar.

Max me observó asustado, se quedó en silencio, esperando a que dijera algo. Suspiré y traté de ordenar mis ideas.

—No debes disculparte —dije al fin—. Estoy muy feliz por Allison y por ti.

Sonreí tratando de demostrar lo que mi voz decía, pero era difícil con lo herido que estaba mi corazón.

—Sé que es injusto, Natalie. Tú eres la única que pagará por nuestro error.

Mis ojos se llenaron de lágrimas y bajé la mirada para no demostrar debilidad.

—No hay nada que pueda repararlo —susurré.

—Lo sé, por eso no puedes perdonarme.

El silencio se hizo presente. No podía decir nada que revelara lo que en verdad sentía, porque ni siquiera yo sabía si aún lo odiaba, si aún no lo perdonaba.

—El otro día, en el parque, yo...

—No es necesario que me expliques nada —me abracé a mí misma para no desmoronarme.

—No lo entiendes, Natalie. Me encantaría que la mujer de toda mi vida fueras tú.

Lo observé perpleja por lo que había escuchado y esperé a que continuara con su discurso.

—Intentémoslo —se acercó y tomó mi mano.

Reaccioné rápidamente y le arrebaté mi extremidad.

—No puedo, Max.

—¿Por qué no? —exigió una respuesta.

—Porque siento ira y rabia, no puedo amarte luego de todo lo que ha pasado.

—Deja de juzgarme por una decisión que, finalmente, tomaste tú.

Lo miré llena de ira, estaba justo en frente de mí, en el lugar preciso para golpearlo y descargarme, pero no pude hacerlo, o más bien no quise hacerlo.

—Tú me obligaste —grité.

—¿Qué? —noté por su voz que él también comenzaba a enfurecerse.

—De cierta forma, sí.

—Explícate.

—¡Tú no querías un hijo!, ¿qué le iba a decir cuándo creciera?, ¿qué no tenía padre porque el muy estúpido prefirió seguir siendo la oveja blanca de la familia, porque quería estudiar, porque prefirió las cosas materiales?

—¿Y tú lo querías?

—¡Por supuesto que sí!

—Entonces, ¿por qué mierda lo hiciste?

Me quedé en silencio. Las lágrimas no dejaban de salir y mi respiración estaba acelerada al igual que mi corazón.

—Porque tenía miedo. Iba a estar sola, no sabía lo que iba a pasar —exploté en llanto.

Maximiliano tomó mi rostro entre sus manos e intentó secar mis lágrimas.

—Yo también tenía miedo, Naty. Era un adolescente estúpido que no sabía qué hacer —sus ojos se llenaron de lágrimas, pero ninguna se derramó—. No sabes cuántas veces he deseado volver el tiempo atrás para decirte: *Quiero ser feliz junto a ti… junto a nuestro hijo.*

Lo observé y sentía su dolor, casi podía jurar que era igual al mío, por lo que preferí alejarme y desviar la mirada.

—¿Sabes lo que me hizo tomar la decisión? —su silencio me permitió continuar—. ¿Recuerdas ese día en que me entregaste el dinero? —Max asintió—. Yo pensé… en realidad, imaginé que nos encontraríamos y me dirías: *Natalie, no lo hagas. Te amo y quiero empezar una familia junto a ti. Lo superaremos, no importa cómo, pero te prometo que a nuestro hijo jamás le faltará amor.*

El nudo en mi garganta ardía de manera intensa, casi no podía respirar. Tragué saliva en busca de alivio, pero provoqué un fuerte dolor en la zona. Maximiliano agachó la mirada, supuse que para ocultar sus lágrimas.

—¿Recuerdas lo que me dijiste?

—Natalie… no, por favor —susurró.

—*Aquí está el dinero, llámame cuando lo hayas hecho* —escuché su voz en mi cabeza mientras repetía las palabras.

La ira había sobrepasado los límites, preferí alejarme antes de golpearlo y arruinar la hermosa fiesta de Emily. Caminé lo más rápido que pude mientras Max gritaba mi nombre, traté de contener las lágrimas para que nadie se diera cuenta de que algo no andaba bien, mas era difícil con todas las emociones que golpeaban mi corazón.

—Natalie —Daniel tomó mi brazo con fuerza y me ocultó en su pecho, protegiéndome con sus brazos—. ¿Qué sucede? —susurró de manera suave, con su voz tranquilizadora y reconfortante.

Me separé de él para mirarlo a los ojos, su rostro estaba preocupado y confundido.

—¿Podemos irnos? —dije con dificultad, apenas podía respirar por el dolor en mi garganta, el nudo estaba demasiado apretado.

Desvié la mirada al ver que Max se detenía a unos metros de nosotros. Daniel volteó en busca de lo que yo veía.

—¿Te hizo algo? —dijo furioso.

Sus ojos estaban envueltos por una sombra oscura, lucían diferentes. Cuando yo desobedecía había una llama que consumía su mirada, pero ahora solo veía oscuridad, soledad y frío.

—Vámonos, por favor —imploré. Tomé su brazo con delicadeza y acerqué su mano a la mía.

Observó mi rostro por algunos segundos y luego suspiró.

—Voy por tus cosas, espérame en tu automóvil.

Soltó mi mano y comenzó a caminar con los ojos puestos en Max.

—No tardes, por favor —dije nerviosa, no quería una escena.

Caminé hacia el estacionamiento abrazándome para mantener el calor. El viento se había tornado más fuerte y helado, despeinó mi cabello y congeló mis piernas. Me apoyé en el capó de mi coche y esperé a Daniel.

Pasaron unos minutos que me parecieron eternos, ya me estaba alterando toda esta situación. Cuando apareció entre los vehículos, mis músculos se relajaron y mis dientes dolieron por lo tensa que se había mantenido mi mandíbula.

Nos observamos por algunos segundos, estábamos cerca, pero nuestros cuerpos no se tocaban. El silencio no me parecía incomodo, me agradaba que no me llenara de preguntas que yo no deseaba responder. Rozó mi mejilla con el dorso de su mano e hizo una mueca al sentir mi piel helada.

—¿Tienes frío? —susurró.

—No esperaba este viento a finales de octubre —dije excusándome por no traer un suéter.

Daniel se quitó su vestón y lo acomodó sobre mis hombros para cubrirme del frío. Quedé embobada al ver cómo su camisa blanca se ajustaba a sus pectorales.

—¿Mejor?

Mucho mejor, respondió mi conciencia.

—Sí, gracias —dije tímida. Me ruboricé de solo pensar que yo había tenido sexo con un hombre tan guapo.

—¿Te llevo a casa? Puedo decirle a alguien que venga por mi coche, no hay problema con eso.

—En realidad… —mi voz se quebró al recordar por qué estaba en esta situación— no quiero irme a casa.

Levanté la mirada, encontrándome con los hermosos ojos de Daniel. Nunca me había tranquilizado al verlos, sentí que podía confiar en él y que me consolaría si lo necesitaba. Con este pensamiento mis ojos se pusieron llorosos y no pude evitar derramar algunas lágrimas.

Daniel me abrazó inmediatamente y dejó que llorara algunos minutos. No dijo nada y tampoco preguntó, solo besó mi mollera y acarició mi espalda. Me hizo sentir protegida y tranquila.

—No me gusta verte llorar —susurró.

Reí por inercia. Me alejé rápidamente y sequé mis lágrimas, de seguro mi maquillaje se había arruinado. Al mirar el pecho de Daniel me percaté de que tenía algunas manchas negras debido a mi máscara de pestañas.

—Lo lamento —me acerqué para reparar el desastre que había dejado.

—No te preocupes —tomó mis manos y las apartó de la camisa—. Salen en la lavadora.

Ya estaba preocupándome. Daniel no era una mala persona, estaba casi segura de eso, pero jamás había sido tan amable conmigo. Me sentí como un cordero cayendo en el típico truco del lobo vestido de oveja. Pero... ¿y si de verdad quería ser amable?

Aún sostenía mis manos entre las suyas, el calor que emanaba de su cuerpo les otorgaba a mis extremidades comodidad y calefacción.

—Deberíamos entrar al coche —dijo con una sonrisa juguetona que me enamoró.

Asentí entre risas.

Daniel manejó mi vehículo hasta su casa. Permaneció en silencio todo el camino, lo que mantuvo mi comodidad en su compañía. Sin darme cuenta, mis ojos se cerraron y caí en un sueño por el delicioso aroma de su perfume que emanaba del vestón.

Capítulo 13

Desperté sobresaltada por la pesadilla que me había atormentado: Max estaba cargando a un bebé que se encontraba envuelto en una manta, le sonreía feliz y lo observaba como un padre a su hijo. El chico se percató de mi presencia y me hizo una seña para que me acercara, estiré mis brazos para tomar al niño y acurrucarlo en mi pecho, pero lo sentí frío y parecía no estar respirando. Lo descubrí rápidamente y me encontré con un cuerpo pequeño cubierto de sangre. Estaba muerto, mi hijo estaba muerto.

Miré a mi alrededor para orientarme en el espacio, me sentía confundida y todavía asustada por la pesadilla que aún me parecía real. Me encontraba en la habitación de Daniel, la recordaba por lo fría y solitaria que se sentía. Mis ojos se adaptaron a la oscuridad y la luz de la luna se reflejaba en las paredes, esto me permitió divisar las siluetas de los muebles y la mesita de noche, también pude ver la silueta de un hombre sentado en una silla, obviamente me sobresalte y me oculté tras las sábanas.

—¿Estas bien? —lo escuché susurrar, pude reconocer su voz y el miedo abandonó mi cuerpo.

Me descubrí el rostro y tomé una postura apropiada.

—Tuve una pesadilla.

Se movió de su lugar y tomó asiento en el borde de la cama, podía ver su rostro gris e indescifrable, como siempre.

—¿Qué hacías ahí? —dije intrigada.

—Dormía.

—Te veías bastante psicópata observándome desde las tinieblas —dije con una risita nerviosa.

—Tus gritos me despertaron.

No sabía que podía hablar y agonizar dormida.

Al salir de entre las sábanas me di cuenta de que ya no llevaba el vestido calipso de la boda. En su lugar una sudadera me cubría hasta los glúteos; de seguro Daniel me había vestido mientras yo dormía placenteramente. No era una mujer de sueño profundo, pero quizás todavía tenía el efecto de los fármacos que consumí la noche anterior.

—¿Pesadillas? —rompió el silencio.

—Ya son muy normales.

—¿Quieres hablar de ello?

Sabía a lo que se refería, pero me mantuve en silencio para evitar su pregunta. Lo observé por algunos segundos, en sus ojos no había curiosidad ni intriga, sino deseo de querer ayudar. Me acomodé a su lado y dejé caer mi cabeza sobre su hombro.

—El pasado me tortura —susurré.

Daniel no dijo nada, solo espero a que continuara.

Suspiré en busca de valentía para contárselo todo, pero las palabras no salían de mis labios. Mis ojos se llenaron de lágrimas por la vergüenza que sentí.

—¿Te duele?

—Todo el tiempo —el nudo en mi garganta seguía ahí, causando dolor. Quizás si hablaba todo con Daniel me sentiría libre—. Yo… —tomé aire y luego lo eliminé de manera entrecortada— cometí un grave error.

Silencio. Daniel no dijo nada y ese momento me pareció eterno. Decidí continuar con la historia.

—Tenía diecisiete años cuando quedé embarazada —expliqué—. Max era mi novio y no estábamos preparados para… ser padres. Solo encontré una salida y fue… —tragué saliva— el aborto.

—¿Tú querías hacerlo?

—Solo era una niña asustada que no sabía qué hacer.

Asintió y esperó a que continuara.

—El aborto no salió bien y nunca podré quedar embarazada, tener un hijo, una familia. Eso me atormenta todo el tiempo. El error de una niñita estúpida me torturará toda la vida —sentí como el nudo en mi garganta se liberaba y mi cuerpo se hacía más ligero.

Daniel mantuvo su mirada al frente, como perdido en sus pensamientos. No sabía si me había escuchado o si le importaba todo lo que yo sentía.

—Natalie... —dijo tomándome por sorpresa— ese dolor es algo con lo que debes vivir para siempre. Nada eliminará tu error.

—Lo sé, pero es difícil.

Daniel posó su mirada en mí, era intensa y penetrante. Sus ojos ardieron en llamas y sentí cómo el calor que ellos emanaban recorría mi cuerpo.

—Quiero disminuir tu dolor hasta tal punto que ya no exista.

Recordé las palabras en el diario de Katherine: *Con Daniel, todo tu dolor se convierte en placer.*

—Natalie, yo te prometo que, si te conviertes en mi sumisa, todo tu dolor...

—Se convertirá en placer —terminé su frase.

Él asintió.

El lobo está cazando a la oveja, y lo hace muy bien. *Estúpida oveja*, susurró mi conciencia.

Su propuesta era bastante tentadora, debía admitirlo, pero no podía ceder a la sumisión tan fácilmente, tenía mucho que pensar y ver cómo modificaría mi vida todo esto.

—¿Puedo pensarlo?

Escuché su risa a regañadientes, de seguro no esperaba esa respuesta.

—Jamás le había rogado tanto a una chica —dijo furioso por mi actitud, esa furia que siente un amo hacia su sumisa cuando le desobedece.

Antes de que pudiera decir algo, Daniel continúo.

—Eso me excita, Natalie. Te daré el tiempo que necesites, pero… te deseo ahora, quiero que seas mía justo en este momento.

Me quedé observándolo, las llamas consumían sus ojos y sus puños estaban apretados.

Daniel era guapo, el sueño de cualquier chica. Supongo que estar una noche con él no me ataba a decir que sí como esclava sexual. Además, él elevaba mis hormonas y producía un choque eléctrico que nadie había logrado antes. Yo también lo deseaba.

Me puse de pie y le ofrecí mi mano como respuesta a su petición. Sin decir nada, Daniel la tomó con fuerza y me encaminó a esa habitación perversa donde cumplía todas sus fantasías sádicas.

Antes de abrir la puerta, acarició mi mejilla y besó mi frente. Lo observé confundida.

—Quiero que sepas que todo lo que siento e hice por ti hoy queda afuera de esta habitación.

—¿Te refieres a ser amable?

Asintió.

—Adentro no soy el mismo.

—Me quedó claro la primera vez —sonreí desafiante.

Soltó una risita natural, ocasionando cosquillas en mi vientre. Abrió la puerta y me dejó entrar primero.

Daniel añadió más cosas al lugar, pero aún parecía un cuarto de tortura medieval. Uno de los muebles nuevos era una cama con cuatro pilares de madera, un velo blanco cubría el interior y le daba un toque romántico. Al fondo había una banca de madera con muñequeras en uno de sus extremos, entre otros muebles nuevos.

—Veo que tu imaginación no pierde el tiempo —dije impresionada.

—Esto es solo la mitad de todo lo que imagino contigo. Ahora quítate la ropa y pósate bajo el arco.

Daniel estaba en el rincón de la habitación donde se encontraban las varillas, las fustas y otros "juguetes".

Obedecí sin protestar, era algo que debía hacer para que el juego comenzara. Dejé las prendas en un pequeño velador junto a la cama y tomé mi lugar. El espejo estaba descubierto, por lo que de inmediato vi mi reflejo desnudo en él. Daniel se quitó la corbata y camisa frente a mí, observándome como un lobo a una oveja herida y lista para ser devorada.

—¿Por qué te sonrojas?

Levanté la mirada que por inercia había ocultado bajo mi cabello. Daniel aún me observaba.

—Me estás mirando, eso me pone nerviosa.

—Eres preciosa, Natalie. No sabes cuántas noches te imaginé así, tal y como estás ahora.

—Eres un psicópata, Daniel —dije entre risas.

Su negación me causó un escalofrío que recorrió todo mi cuerpo, algo me decía que debía estar alerta y preparada para un castigo.

Mi respiración se entrecortó y tragué saliva como una víctima en peligro. No tenía miedo, pero sus ojos ardían de manera intensa, como nunca. Un escalofrío recorrió mi cuerpo al sentirme vulnerable por su mirada infernal.

Daniel se acercó para acomodar mi cabello dejándolo caer por mi espalda, despejó mi rostro y mis senos, cada vez me sentía más vulnerable.

—Alza los brazos —su voz se escuchaba tenebrosa cuando las llamas se apoderaban de todo su ser.

Obedecí sin hacer mucho escándalo.

Acomodó las muñequeras en mis extremidades, sus dedos se sentían tibios y suaves sobre mi piel, pude percibirlos de mejor forma cuando recorrieron mis brazos hasta llegar a mis senos. El calor de sus manos provocó un cosquilleo en mi entrepierna, di un suspiro que dejó sin aire mis pulmones y cerré los ojos para que mis otros sentidos se agudizaran, quería sentir cada uno de sus dedos recorriendo mi cuerpo.

Posó sus labios en mi cuello y sus dientes apretaron mi piel, provocando un gemido de dolor que escapó de mi garganta. Su boca comenzó a descender por mi clavícula hasta llegar a mi seno derecho, donde su lengua se entretuvo con mi pezón. Sentí cómo los choques eléctricos nacían en mi nuca y llegaban a mi clítoris, golpeándolo con una fuerza exquisita. Jalé de mis muñecas, lo que hirió mi piel, pero el ardor me hizo gemir de placer. Sus labios se movieron a mi seno izquierdo para divertirse unos minutos más y continuar con mi deliciosa tortura.

Sus manos se trasladaron a mis glúteos para levantarlos de manera ágil, ocasionando que mis piernas rodearan su cintura. Su miembro estaba activo, podía sentirlo bajo sus pantalones, estaba duro y ejercía presión en mi entrepierna. Su lengua no dejaba de juguetear con mis senos, se turnaba entre ambos y en momentos imprevistos besaba mi cuello.

Todo ese placer me descontrolaba, solo ocasionaba que jalara de mis manos y me hiriera las muñecas. Al principio sentía un dolor punzante, pero luego se convirtió en un ardor que quemaba mi piel.

Daniel bajó mis piernas y esperó a que me equilibrara antes de soltar mi cadera. Se dirigió a una esquina de la habitación y volvió con una fusta de cuero que me pareció hermosa a simple vista. Con el objeto rozó uno de mis senos y comenzó a bajar por mi vientre.

—El hecho que te hayas ofrecido sin obligación debe ser compensado —dijo observando el recorrido de la fusta—. Te daré la oportunidad de que escojas el lugar de tu cuerpo que será azotado diez veces.

—Prefiero no ser azotada —dije desafiante. No podía controlar mis palabras.

—Quizás… —posó la fusta en mis genitales—. ¿Aquí? —susurró.

—¡No! —grité.

Por un momento me sentí en peligro y el miedo se expresó en mi voz.

—No me desafíes, Natalie —esta vez llevó la fusta a mi mentón y levantó mi rostro—. No olvides quién tiene el control.

Lo observé por algunos segundos. Estaba furioso.

Yo conocía las fustas. Se ocupaban para guiar a los caballos en saltos o para entrenarlos. Daniel quería castigarme por desobedecer, quería entrenarme para que fuera una buena sumisa.

—Elige…

—Glúteos —dije rápidamente.

—Interesante decisión, pero a la vez decepcionante. Yo hubiera elegido otro lugar.

Traté de no imaginar qué pasaba por su mente en estos momentos.

Daniel tomó posición en mi espalda, veía su reflejo en el espejo.

—¿De qué se me acusa? —dije con una sonrisa juguetona.

—Desobediencia, lo de siempre, ser una chica irrespetuosa y dejar solo a su amo cuando él disfrutaba de su compañía.

Bueno, supongo que no podía declararme inocente de ninguna.

—Quiero que observes. Si cierras los ojos agregaré cinco golpes más, ¿entendido?

Asentí. Respiré hondo por la nariz y eliminé lento por la boca.

Daniel me observó desde el reflejo y esperó a que nuestras miradas se encontraran para dar el primer golpe. Mi piel ardió como si se quemara con agua hervida, solté un grito que desgarró mi garganta por el intenso dolor. Segundo golpe, mi piel ardió y mi garganta dolió por el sonido que había emitido. Tercer golpe, casi cerré los ojos. Cuarto golpe, había un dolor punzante en mi trasero y no alcanzó a aliviarse antes de que llegara el quinto. En el séptimo ya no sentía mi piel, me estaba acostumbrando al dolor que sentía en los glúteos.

Miré el reflejo de Daniel, su miembro había despertado por completo y su rostro reflejaba lo excitado que se encontraba. En el noveno golpe sentí placer, fue algo que llegó a mi clítoris causando un cosquilleo intenso. En el décimo gemí como si estuviera teniendo sexo, como si sintiera sus labios en mi cuello y estuviera penetrándome lenta y placenteramente.

Escuché el sonido de la fusta cayendo sobre la alfombra y vi cómo Daniel desataba su pantalón.

Mi respiración se entrecortaba, un sudor frío recorrió mi espalda y, a la vez, un calor emanaba de mis glúteos.

El chico se puso frente a mí, completamente desnudo y estaba vez sí pude admirarlo. Era guapo, demasiado, ¿quién no querría ser su sumisa con tal de tenerlo cerca o... dentro?

—¿En qué piensas?

Sonreí y negué con la cabeza.

—Podrías tener a cualquiera, a quien tú quisieras. Una sumisa de verdad.

—Natalie... —se acercó y liberó mis muñecas—. ¿Aún no lo entiendes?

Sostuvo mis brazos y los bajó lentamente, estaban un poco acalambrados y adoloridos.

—No quiero una sumisa de "verdad". Te quiero a ti, te deseo a ti. Todas las noches pienso en ti, en lo que te haría, en cómo te castigaría y luego follaría duro. No puedo ver a nadie más como una sumisa si te tengo a ti en mi mente.

Me tomó entre sus brazos y me llevó hasta la cama, me depositó con suavidad en ella y me dejó atrapada con el peso de sus caderas.

—Compláceme, Natalie. Te daré lo que me pidas. Solo debes ser... mía.

Reí por los nervios que se habían apoderado de mí y me hacían parecer una tonta. Llevé mis manos a su cuello y enredé mis dedos en su cabello, besé sus pectorales y seguí el camino hacia su mentón.

Daniel tomó rápidamente mis brazos y los apartó de su piel, quedé atrapada por su fuerza y sorprendida por su reacción.

—Este lugar no es para eso, Natalie.

—Solo quería disfrutar de ti —susurré.

—Yo disfruto de ti, tú… —se acercó a mis labios, pero no alcanzó a rozarlos— me obedeces.

Daniel tomó una cinta de satín y amarró mis muñecas a cada pilar de la cama, luego ató mis pies para que no pudiera moverlos. Se acercó a la mesita de noche y comenzó a buscar algo, sacó una venda para ponerla en mis ojos y dejarme completamente vulnerable a sus deseos.

No sabía dónde estaba Daniel, podía escucharlo mover cosas metálicas en el otro extremo de la habitación, pero no podía verle. Escuché sus pasos acercándose, seguido del peso de su cuerpo en la cama. Sus labios rozaron mi piel en la zona del vientre y un choque eléctrico hizo que me retorciera de placer.

—¿Confías en mí? —susurró.

Asentí ansiosa y nerviosa a la vez, me mordí el labio inferior por los sentimientos que apretaban mi estómago.

—Toca esto… —acercó a una de mis manos algo que parecía un tubo metálico, era frío y duro.

—¿Qué es?

—Es una bala.

Nunca había estado muy familiarizada con esa clase de juguetes sexuales, no podía imaginarme el objeto ni para qué podía usarse.

—¿Qué me harás?

Escuché a Daniel reír, como si mi pregunta fuera ridícula.

—Debo enseñarte muchas cosas, Natalie —la bala comenzó su recorrido en mis senos, rozando mis pezones—. Te penetraré con esto, no sentirás dolor... quizás un poco de presión ya que es muy diferente a mi miembro —me imaginaba sus labios sonriendo—, pero será placentero. A menos que te muevas, entonces te castigaré.

Asentí en silencio, disfrutando el frío de la bala recorriendo mi vientre, esperando el momento en que tocara mi entrepierna.

Daniel separó mis extremidades y sentí como su lengua humedecía mi clítoris y descendía lentamente. Gemí de placer y no pude evitar apretar las piernas.

—Quieta —me advirtió.

Justo cuando la bala iba a llegar a mi monte de venus, se despegó de mi piel, no podía sentir a dónde se había marchado y mantuvo la intriga por algunos minutos. Daniel recorrió mi clítoris con su lengua, provocando choques eléctricos que se reflejaban en gemidos de placer. Traté de quedarme quieta recordando lo doloroso que podía ser el castigo. Uno de sus dedos me penetró de manera suave y delicada, tocó mi punto G provocando una sensación exquisita.

Sentí la fría bala recorriendo mi clítoris, bajó lenta y tortuosamente hasta llegar a su objetivo. Cuando Daniel la introdujo sentí un dolor punzante, era mucho más gruesa que sus dedos y más dura que su miembro. Mis piernas se cerraron en defensa propia y solté un gemido.

—Obedece —dijo Daniel mientras jalaba mis extremidades.

Volvió a introducir la bala en mi interior y comenzó a moverse en un vaivén que ocasionaba presión, mientras sus dedos estimulaban mi clítoris. Esta combinación comenzó a provocar un placentero momento que culminó en un increíble orgasmo que apretó mis piernas.

Como castigo, Daniel me tomó de las caderas y me volteó para que quedara sobre mis cuatro extremidades, debido a lo tensas que se encontraban las cintas, me encontraba inmovilizada. Su mano acarició mi glúteo antes de darle un golpe con la palma abierta.

—Te dije que no te movieras —susurró en mi oído.

Me dio una segunda palmada y luego una tercera. Daniel posicionó mi trasero para penetrarme suavemente, dio movimientos lentos y sus gemidos graves parecían disfrutar cada embestida. Tomó un poco de velocidad y su respiración se entrecortó, comencé a gemir al sentir cómo su miembro tocaba aquella parte de mí que me hacía explotar en placer. Sus movimientos fueron más rápidos hasta que ambos llegamos a un orgasmo que me hizo sentir en la gloria.

Capítulo 14

La verdad es que no dejaba de pensar en Daniel y en la respuesta que debía darle a su petición. Aún no sabía qué decir, tenía muchos sentimientos encontrados con todo lo sucedido: me gustaba, pero iba contra mis principios, además de atemorizarme un poco (aunque no quisiera admitirlo).

Mientras marcaba las letras de mi notebook, no pude evitar pensar lo camuflados que estaban los hematomas bajo el maquillaje que había aplicado laboriosamente en la mañana. Recordé los labios de Daniel, cómo habían besado mis muñecas cuando ya estábamos fuera de la habitación de tortura medieval. Ese era un buen nombre considerando su contenido y todo lo que se realizaba dentro. Por suerte no dormí en ella, Daniel había sido considerado y me facilitó nuevamente su dormitorio que, pese a ser tan neutro, frío y solitario, lograba ser acogedor, como su dueño.

Mi jornada laboral acabó a las seis con treinta, como siempre. Me despedí de Almendra en los estacionamientos y esperé a que partiera en su vehículo antes de subir al mío. Su embarazo aún no era notorio, pero yo estaba enterada y quería cuidarla para que nada les pasara, era algo totalmente inconsciente y quizás una forma de aliviar mi dolor.

Al llegar a mi hogar me preparé la cena y me acomodé en el sofá para ver televisión, quería distraerme y no pensar en Daniel. Pero el evitarlo me recordaba a Max y nuestra discusión en la boda, ese *flashback* dolía más que pensar en la habitación de tortura medieval. Luego de una hora de sobrecalentar mi cerebro con emociones y lágrimas derramadas, decidí leer el diario de Katherine, hace mucho que no lo hacía y quizás un poco de su punto de vista me liberaría de mis pensamientos.

Abrí el cuadernillo y busqué la hoja cuya punta doblé para marcar hasta donde había leído. Ya estaba en la mitad de sus cartas y su enfermedad había empeorado bastante. Comencé a leer superficialmente, cosas importantes, saltaba las partes donde describía el sexo con Daniel, eso era lo que menos quería leer en estos momentos.

Katherine me relató en cada carta sus miedos, cómo sentía que todo el mundo quería hacerle daño y cada vez estaba más confundida con respecto a la realidad y su paranoia. Daniel aumentó la dosis de sus medicamentos, pero parecía no ser suficiente...

10 de julio del 2015

Querida Natalie:

Acabamos de hablar por Skype y te enojaste conmigo por creer que mamá solo se quiere deshacer de mí. De verdad lo lamento, lo que menos deseo es discutir contigo.

Tienes razón, es nuestra madre, jamás nos haría daño.

Te extraño, hermana, por favor vuelve, ya te lo he rogado tantas veces. No sabes cuánto te necesito en estos momentos, solo en ti confío al 100 %.

Perdóname por todas las veces que discutimos, por todas las veces que te hice llorar, por todo. Natalie, vuelve... por favor.

Katy

Las lágrimas saltaron automáticamente de mis ojos, sentí un dolor en el pecho y una angustia que me hacía sollozar.

Recordé esa estúpida discusión por videollamada, donde ella me contó todo lo que le decía mamá y que sentía que quería deshacerse de ella. Yo la traté horrible, casi como una loca. Me sentía tan mal por ello, quizás si la hubiera apoyado un poco más, si la hubiera escuchado y estado junto a ella, las cosas serían diferentes. Fui una estúpida.

Al cambiar de página, me percaté de la amplia diferencia entre las fechas. Katherine está escribiendo menos.

16 de julio del 2015

Natalie:

Hoy asistí a la consulta del doctor Ferrer. Como siempre, le conté mis sentimientos, mi percepción y algunas cosas de las que no estaba segura si eran reales. Me explicó que no podía seguir aumentando mis antipsicóticos pero que ajustaría la dosis del somnífero para que durmiera mejor. De seguro mamá le había contado que no estaba descansando bien, además se notaba en las ojeras bajo mis ojos y en la lentitud de mis acciones.

Daniel finalizó nuestra sesión cerrando su cuaderno de notas y acercándose a mí. Me miró a los ojos de esa manera profunda que produce escalofríos y me liberó de ser su sumisa.

Sentí que mi mundo se había derrumbado. Lo único que creía real, sin dudas ni confusiones, me lo estaban arrebatando. Me levanté hecha una furia y le pedí explicaciones: ¿Ya no te gusto?, ¿quieres a otra sumisa?, ¿crees que estoy demasiado trastornada?

Daniel solo respondió: "No, creo que no te hace bien. Tu enfermedad ha evolucionado muy rápido y quizás es mi culpa".

Lo miré con los ojos llenos de lágrimas y salí corriendo de su consulta. Había destrozado mi corazón.

Caminé hasta casa mientras la lluvia empapaba mis recuerdos junto a él. Todo había sido tan maravilloso y se había acabado para siempre, no sería más su sumisa ni él mi amo. Las lágrimas que salían de mis ojos se confundían con las gotas de lluvia que recorrían mis mejillas.

Un automóvil se estacionó junto a mí y bajó el vidrio. Mr. Hyde me sonreía desde el interior y abrió la puerta para que entrara. Lo observé por algunos segundos antes de seguir mi camino. Prefería morir de neumonía antes de subirme a su coche.

El miedo recorrió mi helado cuerpo y se apoderó de él. Un escalofrío siguió la vía de mi columna vertebral al recordar la noche anterior. Debía mantenerme alejada de Mr. Hyde.

Atte. Katy

Me quedé paralizada. Mis pulmones comenzaron a pedir oxígeno debido a que no estaba respirando. Inspiré profundo y traté de procesar lo que había leído.

¿Quién era Mr. Hyde?, ¿era un extranjero?, ¿quizás un maestro de Inglés?

Tomé el celular y marqué rápidamente a mi madre, quizás ella sabría algo. Luego de que me arrojó el buzón de voz, finalicé la llamada.

Abrí el diario y volví a leer su nombre: Mr. Hyde...

Sonaba a nombre inglés. Definitivamente era un extranjero. Quizás de la universidad o algo así.

Gracias a la tecnología, podías encontrar a quien fuera si lo buscas por *Google,* pero no tenía su nombre ni menos alguna referencia del contexto. Aun así, abrí mi portátil y lo conecté a internet, quizás había muchos Hyde, pero en Chile debían ser contados con los dedos de una mano.

Busqué Hyde Chile y me arrojó el concierto de un cantante oriental, descartado; Hyde Universidad de Chile, que era donde estudiaba Katy, pero solo encontré la página web de la institución; Mr. Hyde, mi última idea. La pantalla se repletó de enlaces donde referían la novela psicológica de Robert Louis Stevenson: *El extraño caso del doctor Jekyll y el señor Hyde...* en inglés: Mr. Hyde.

Hice clic en el primer enlace y leí un resumen del libro: Doctor Jekyll era un científico que creó una pócima para liberar su lado más maléfico. Cuando el médico bebe el brebaje, se convierte en Mr. Hyde, que es un criminal capaz de cualquier cosa. La novela relata que este hombre malvado es repugnante para todo aquel que lo vea.

Dejé mi notebook de lado y tomé el diario de Katherine. Ella le temía a Mr. Hyde y debía averiguar si él era real o no.

24 de julio del 2015

Natalie:

Odio mentirle a mamá, pero debo hacerlo. Hace ya dos semanas que no consumo mis pastillas para dormir y, aunque al principio lograba dormir cinco o cuatro horas, los últimos días no he pegado un ojo. Pero esa es la idea...

La ausencia de somníferos en mi organismo me permite estar alerta y defenderme cuando Mr. Hyde entra a mi habitación. Pero la noche pasada me ha amenazado: "Nadie te creerá. Estás loca y, si le cuentas a alguien, yo mismo me encargaré de que te encierren en un manicomio para siempre".

Tengo tanto miedo, Naty, solo quiero gritar y contárselo a mamá... contártelo a ti, pero, ¿y si cumple su amenaza?

Es mejor que cierre los ojos y no me resista. Guardaré silencio...

Sé que debes pensar que es otro de mis delirios, pero no es así. Él es muy real, siento la fuerza de sus brazos obligándome a quedarme quieta, su aliento a cerveza mezclado con tabaco y las marcas que quedan en mi cuerpo luego del forcejeo. Todo es real.

Katy

Mi teléfono sonó antes de que pueda cambiar de hoja. Lo tomo torpemente, mis manos están temblando por lo que acababa de leer. Era mi madre.

—Hola, mamá —digo aún algo agitada.

—Natalie, hija, ¿he interrumpido… algo?

—No, para nada. ¿Cómo estás?, ¿cómo están Jocy y Elías? —traté de respirar lento y pausado para que mis pulsaciones por minutos disminuyeran.

—Bien, estamos todos bien. Jocy te extraña y pregunta cuándo vendrás a casa.

—Dentro de la semana, ¿puede ser el miércoles o jueves?

—El jueves tenemos la sesión con el doctor Ferrer.

Las mariposas revolotearon en mi estómago y una sonrisa se asomó en mis labios.

—El miércoles, ¿está bien?

—Sí, cocinaré algo delicioso —mi madre parecía muy entusiasmada con la visita—. Bueno… ¿por qué me habías llamado?

Las mariposas desaparecieron y mis pies tocaron el suelo.

—¿Conoces a un tal Mr. Hyde?, ¿algún vecino?, ¿conocido?

Mi madre guardó silencio por algunos segundos, quizás pensativa.

—No... definitivamente no —dijo con certeza—. Es un nombre poco común, lo recordaría.

Entonces es el personaje del libro, pero, ¿era su imaginación o un acertijo?

—¿Va todo bien, Naty?

Le afirmé e insistí en que la visitaría este miércoles para que no notara mi preocupación en la voz. Antes de colgar, me deseó una buena noche y que descansara.

En cuanto finalicé la llamada, marqué el número de Daniel, necesitaba hacerle algunas preguntas sobre Katherine.

Me contestó de una manera relajada, natural, pero aun así mi nombre sonaba sensual en su voz.

—Necesito hablar contigo sobre Katherine.

—De acuerdo... ¿Te parece si nos tomamos un café? Mañana, luego del trabajo.

—Sí, está bien —dije un poco decepcionada, algo en mi quería ir a su casa para terminar en la habitación de tortura medieval, pero esta conversación era seria y no podía distraerme con sexo. Daniel había tomado la decisión correcta.

Quedamos en el café de la esquina, donde habíamos estado la semana pasada.

Tomé el diario de Katy y busqué la página que había leído anteriormente, luego pasé a la siguiente.

31 de julio del 2015

Naty:

Hemos hablado por Skype, pero no he sido capaz de contarte todo. Tú aún crees que asisto a las sesiones con Daniel y que tomo mis somníferos cada noche, al igual que nuestra madre. Los supuestos días que tengo terapia voy a la plaza de juegos, esa de nuestra niñez. Me relaja y me trae hermosos recuerdos de nosotras.

No he tenido el valor para mencionarte a Mr. Hyde, no quiero que te enfades conmigo o que creas que he perdido completamente la razón. Es por ello que he decidido relatártelo por este medio, es la única forma en que puedo expresarme sin miedos. Nadie sabe de la existencia de este diario, solo Daniel y yo, y espero que algún día tú seas la tercera.

Mr. Hyde es un hombre malo, me hace daño cuando todos están dormidos y no escuchan más que sus sueños. Él cierra mi puerta con llave y me sonríe de esa manera que produce escalofríos. Se acerca lentamente, disfrutando mis ojos llenos de lágrimas y del temor que sale por mis poros. Retrocedo hasta chocar con la muralla, caigo al suelo y me oculto tras mis rodillas, pero no es suficiente. Él me toma de ambos brazos y me arroja a la cama, su peso corporal me mantiene inmovilizada y no puedo defenderme. Destroza mi ropa interior con sus grandes manos...

No puedo soportarlo más. Cierro de golpe el diario y comienzo a llorar desconsoladamente.

No sabía si todo lo que leía era real o parte de su imaginación, parte de su enfermedad, parte de su paranoia. Aun así, no sentía consuelo, la forma en que me lo relataba parecía tan real, pero a la vez un libro que ella había inventado.

Traté de recordar la conversación que habíamos tenido por videollamada, pero no estaba segura si era la correcta, hablábamos todo el tiempo por ese medio. Visualicé su rostro atemorizado, y, pese a que le pregunté si sucedía algo, ella me lo negó por completo: *Estoy bien, son los antipsicóticos que me hacen secretar lágrimas*. Dentro de mí ignorancia le creí.

Fui al baño en busca de papel higiénico para secar mis lágrimas y sonar mi nariz. Tenía que relajarme, respirar hondo y continuar leyendo el diario. Si esto era imaginación de mi hermana, en algún momento se percataría de que no era real; al terminar el relato, tal vez.

Destroza mi ropa interior con sus grandes manos y desata su pantalón, su risita malévola me produce escalofríos, pero no podía gritar por miedo a que alguien me escuchara y él realizara su amenaza.

Cerré los ojos y traté de pensar en otra cosa. En ti, Natalie, en lo felices que éramos cuando vivíamos juntas y yo estaba sana.

Un flashback vino a mi mente, sin razón alguna recordé el momento en que me dijiste que estabas embarazada. Lo afligida que parecías y cómo las lágrimas no dejaban de recorrer tus mejillas. Me arrepiento tanto de no impedir que lo hicieras, de apoyarte e insistir en que estaríamos juntas y que yo sería la mejor tía del mundo.

Perdóname por no ser la hermana perfecta, por no ser la tía que ese niño necesitaba.

Si yo te hubiera apoyado, jamás te habrías ido...

Katherine

Las lágrimas no dejaban de recorrer mis mejillas. Todo era mi culpa: su enfermedad, que se suicidara... Yo era la única culpable.

Me acurruqué en la cama y lloré sin consuelo, lo necesitaba. Ahora me daba cuanta que mi error no solo me había afectado a mí, sino también a mi hermana de forma indirecta. Todo era mi culpa.

Cuando estás en el sueño, o en este caso la pesadilla, nunca te percatas de que no es real, eso produce un temor verdadero: iba caminando por un pasillo oscuro, al principio no pude distinguirlo, pero a medida que avanzaba, reconocí el pasillo del segundo piso de la casa de mi madre. La puerta de Katy estaba entreabierta y podía escuchar su llanto desde afuera. Comencé a correr hacia la habitación y antes de entrar divisé una sombra que me seguía. Rápidamente cerré la puerta y me acerqué a mi hermana para consolarla. Me gritó que debía salir de ahí, que Mr. Hyde vendría en cualquier momento. Tomé las manos de Katherine para consolarla, para que se sintiera tranquila a mi lado, pero al ver los hematomas en sus extremidades, me inundó el pánico. Alguien comenzó a dar golpes en la puerta y Katy gritó: *Corre*. Un hombre de aspecto horrible logró derribar la puerta; tenía dientes grandes y afilados, ojos negros y sonrisa malévola, además vestía un saco oscuro y largo. Se acercó a nosotras, tomó fuerte de mis brazos y me lanzó a un extremo de la habitación, traté de levantarme para defender a mi hermana, pero ellos ya no estaban. Comencé a gritar su nombre una y otra vez, pero nadie respondió.

Capítulo 15

Los coches se detenían en el semáforo cuando estaba en rojo y continuaban su camino cuando daba el verde, observarlos era mi distracción, no quería sentirme intimidada por la mirada de Daniel. Sabía las preguntas que quería hacer, pero no cómo comenzar, después de todo lo que había sucedido no podía hablar sin pensar en sus manos tocándome.

—Mencionaste a Katherine —dijo con su expresión seria y formal, esa de psiquiatra.

Mis músculos se relajaron y respiré al fin, Daniel no tenía otra intención ahora, no esperaba mi respuesta o que termináramos en su casa, solo quería escucharme como el doctor que era.

—He estado leyendo su diario —dije atemorizada al recordar las palabras de mi hermana—. Hay algo... extraño.

En ese momento llegó la chica del servicio con mi *cappuccino* y el expreso de Daniel, dejó unos pastelillos en el centro de la mesa y le sonrió de manera muy amigable, tal y como la vez anterior. Me sorprendí a mí misma sintiendo celos.

Esperamos que la chica se alejara lo suficiente para continuar.

—¿A qué te refieres?

—¿Te suena Mr. Hyde? —tomé un poco de café para continuar—. Katy habla de él en su diario.

—Es el personaje de un libro psicológico.

—Sí, pero mi hermana lo menciona como un hombre real, alguien que le hace daño —mis ojos se pusieron llorosos y traté de respirar para no derramar las lágrimas.

—Nunca me contó algo sobre un hombre que le hiciera daño.

—Creo que empezó justo cuando ella dejó de ir a tus sesiones. Cuando la liberaste —dije mirándolo a los ojos.

—No sabía que aún escribía el diario. Era parte de la terapia y pensé que lo había dejado.

—Luego que interrumpió el tratamiento... ¿la volviste a ver?

—Sí, un par de veces. Tu madre me llamaba cuando Katy sufría ataques de paranoia y no dejaba de gritar o de llorar.

Tragué saliva, esta vez no pude contener las lágrimas. Nadie me había contado sobre esos episodios.

—¿No notaste algo extraño?, ¿golpes?, ¿hematomas? —tomé más café, esta vez para evitar alterarme, la ansiedad me salía por los poros.

—Nunca la examiné exhaustivamente —me observó por algunos segundos, de seguro notó que mis emociones estaban en un mar tormentoso. Tomó mi mano y besó su dorso, tal y como ese día en la boda de Emily, me sentí más relajada—.

Natalie, es probable que Katy haya leído el libro y que, en su paranoia, haya imaginado todo lo que te relata en su diario.

—Lo sé, pero... siempre que algo no era real, se daba cuenta al escribirlo y me lo ponía como una post data. Ahora solo me relata esas cosas horribles y está muy segura de ellas.

—Katherine estaba en una etapa muy avanzada de su enfermedad, es probable que luego de un tiempo no distinguiera la realidad de la ficción.

Suspiré y cerré los ojos. No me sentía aliviada, sabía que algo andaba mal, que Katy no mentía y que estaba siendo acosada y ultrajada por un hombre.

—A ella le gustaba los acertijos, como a mi padre —susurré.

—Tranquila, ahora ella está mejor.

No importaba lo que dijera Daniel, para mí Mr. Hyde era real y nada me haría cambiar de opinión.

—¿Pensaste en mi propuesta? —dijo sacándome del trance.

Me ruboricé y traté de ocultar mi mirada en los pasteles que ninguno había tocado. Tomé uno y comencé a comerlo para distraer a Daniel de su pregunta, pero se percató de mi intención; con su cuchara tomó un poco de mi pastel y se lo llevó a la boca. Recordé sus labios sobre mi cuello.

—No he tenido tiempo para pensarlo —me excusé.

Asintió comprensivo.

Me dejó en mi vehículo y besó mi mejilla para despedirse, sentí nuevamente su amabilidad y comprensión. Cuando arranqué, miré su rostro antes de acelerar, estaba sonriéndome, pero sus ojos reflejaban preocupación. De camino a casa pensé en lo guapo que es y en lo amable que podía ser fuera de esa habitación.

Cerré la puerta de mi departamento e intenté relajarme. Probablemente Daniel tenía razón, debía llegar el momento en que Katherine se diera cuenta de que todo era su imaginación. Abrí el diario de mi hermana y comencé a leer para averiguar un poco más de Mr. Hyde, pero en ningún momento decía su nombre verdadero o daba alguna pista que me llevara a él, solo describía su agonía. Las lágrimas salían de mis ojos y mi angustia aumentaba mientras leía cada palabra.

El timbre me sobresaltó y mi corazón comenzó a latir a mil por hora por alguna razón, como si mi sexto sentido presintiera algo. Caminé hacia la puerta esperando que fuera el conserje que venía a advertirme que cortarían la luz o alguna de esas cosas, pero, al abrir, mis latidos se detuvieron.

—Necesito hablar contigo —dijo con un rostro realmente afligido.

—Max... ¿cómo entraste? —dije confundida. Los guardias del condominio no eran tan fáciles de evadir.

—Por favor, Naty, solo serán unos minutos.

Suspiré y abrí más la puerta para que pudiera pasar, quizás firmé mi condena, pero una parte de mí quería escucharlo.

Esperé a que dijera algo, pero se mantuvo en silencio sentado en mi sofá, mirando sus manos. Parecía nervioso.

Le ofrecí un vaso con agua, el cual rechazó sin levantar la vista.

—¿Va todo bien? —dije al fin.

Max levantó la mirada. Cerró sus ojos y suspiró.

—Dijiste que necesitabas hablar conmigo —me senté frente a él—. Bueno... este es el momento.

Nuestros ojos se encontraron. Efectivamente estaba nervioso, sus dedos no dejaban de juguetear entre ellos y su respiración era más sonora de lo normal.

—Cuando te fuiste... —apartó la mirada mientras suspiraba— tuve la esperanza de que volvieras a los meses. Eras muy unida a tu familia y creí que los extrañarías lo suficiente como para regresar.

—Los extrañé, Max.

—Entonces, ¿por qué no volviste?

—No podía —mi tono de voz se elevó—. Tenía miedo de verte y recordar todo mi dolor. Como ahora.

—Te esperé por años, Natalie. Creí que, al titularte, ya no tendrías nada que hacer en Puerto Montt, pero te quedaste.

—Me ofrecieron un buen empleo.

—Esa es una maldita excusa. No querías volver y si no fuera porque Katy murió, no habrías vuelto jamás —elevó la voz.

—Tal vez —le grité, el que nombrara a mi hermana me había enfurecido un poco. Me puse de pie y le di la espalda—.

Cada vez que llegabas a mi casa, pidiendo perdón... me hacías daño —mis ojos se llenaron de lágrimas.

—Y, ¿cómo crees que me sentía yo? No me abrías la puerta. Katherine amenazó con llamar a la policía si seguía "acosándote".

—Estuvo a punto de hacerlo —reí al recordar lo histérica que parecía mi hermana al ver que Max insistía en golpear nuestra entrada.

—Esperaba en la acera de enfrente a que salieras de tu casa, pero...

—Jamás salí —terminé su frase, él asintió—. Por eso me fui, Maximiliano. Me volví prisionera de mi hogar porque tenía miedo a los recuerdos.

Cerré los ojos, derramando unas cuantas lágrimas. Un nudo se formó en mi garganta y mi estómago se apretó.

Sentí a Max en mi espalda, acarició mis brazos con la punta de sus dedos y su respiración entrecortada me producía una sensación extraña, parecida al alivio.

—Te hice daño, Naty. Quizás sigo haciéndolo, pero necesito que me perdones —tomó posición frente a mí. Una de sus manos acarició mi mejilla y secó las lágrimas con el pulgar—. Por favor —susurró.

Lo miré a los ojos. Realmente estaba arrepentido y yo... podía tolerarlo. No sentía repulsión, ni deseos de alejarme de él.

—Quizás no eres tú a quien no he podido perdonar, sino a mí misma —dije, finalmente—. Por eso el dolor sigue vivo, por eso duele cada vez que lo recuerdo. No me lo perdono —el nudo ejerció presión en mi garganta.

Maximiliano me abrazó con fuerza y besó mi frente de esa manera que me gustaba. Me sentí acogida y con la libertad de llorar sintiendo su consuelo.

—Lo lamento —su voz se quebró—. Le hice daño a lo que más amaba —susurró.

Me separé de él para mirar su rostro. Las lágrimas ya se habían asomado en sus ojos y sus manos temblaban sobre mi piel. Me sonrió de manera tímida y besó mi frente nuevamente.

Ya no lo odiaba. No quería verlo llorar, ni sufrir por mi culpa. Todos estos años había tenido un resentimiento hacia Max y él no lo merecía, estaba sufriendo tanto como yo. Le sonreí y acaricié su mejilla, me sentí como la chica feliz y risueña que solía ser.

Estaba muy sumida en mis pensamientos, en mis emociones, tanto así, que no lo vi venir. En cuanto sus labios rozaron los míos, su mano hizo presión en mi nuca para inmovilizarme. Sus besos eran tal y como los recordaba: suaves, lentos, profundos. La chica de diecisiete años, risueña y feliz, volvió del pasado. Me sentí bien, querida, protegida y deseada. Podía recordar todos esos sentimientos que una vez se alojaron en mi corazón, pero...

Lo empujé hacia atrás con la fuerza de mis extremidades y, por inercia, le di una bofetada.

—Vete —dije confundida. Las lágrimas volvieron a aparecer.

—Aún te amo, Natalie —tomó mi mano, pero se la arrebaté de inmediato.

Aparté la mirada, derramando algunas lágrimas.

—Por favor, Natalie —dejé que se acercara y tomara mi rostro entre sus manos—. Te haré feliz, como antes —nuestras miradas se encontraron y pude ver ese amor en sus ojos.

—¿Qué hay de Allison?

—La quiero mucho, pero jamás podré amarla como a ti.

Permití que me besara nuevamente, dando paso a esas sensaciones de adolescente enamorada. Maximiliano había sido mi primer amor, quizás por eso todavía ocasionaba esas emociones en mí.

El chico me rodeó con sus brazos y me volvió prisionera de sus labios. Podía sentir su corazón latir con fuerza bajo mis manos y su respiración entrecortada sobre mi nariz. No quería separarme de él, sino disfrutar del momento, que me parecía maravilloso.

Sus manos bajaron hasta mis piernas y me elevó para engancharme en su pelvis. Me depositó sobre el sofá, separándonos durante unos segundos donde pude recuperar el aliento. Max se acomodó entre mis piernas y volvió a capturar mis labios con sus suaves besos, su ambiciosa lengua buscaba una guerra con la mía. El chico hizo presión, haciéndome estremecer y liberando un gemido de mi garganta, pero no sentí ese choque eléctrico como los que me producía... Daniel.

—Max, detente —dije con dificultad, sus labios no me liberaban.

Puse mis manos sobre sus pectorales y lo impulsé hacia atrás gritando que se detuviera.

—¿Qué pasa? —dijo confundido.

—No puedo, lo siento —dije mientras me sentaba y ordenaba mi cabello.

Max se acomodó a mi lado y me observó por algunos segundos, luego suspiró.

—¿Es por el doctor? —su tono de voz se había vuelto grave—. ¿Estás enamorada de él? —lo conocía lo suficiente como para saber que estaba molesto.

—No —dije rápidamente—. Daniel y yo... —quería decirle que no éramos novios, que era una mentira creada por él, pero no pude.

Maximiliano respiró profundo y cerró los ojos, como si procesara todo.

—Es mejor que te vayas.

El chico se puso de pie, caminó hasta la puerta y no protestó. Antes de marcharse, solo dijo: *Que seas muy feliz.*

Rocé mis labios con la yema de los dedos, aún sentía calor en ellos. Hace mucho que nadie me besaba con sentimiento, sin mentiras o por razones sexuales, pero estaba mal, Max y yo teníamos una historia que habíamos sepultado hace siete años, no era correcto revivirlo. Lo mejor era alejarme de él.

Me di una ducha para relajarme y quitar el rastro que Maximiliano había dejado en mí, sentía su perfume en mi cabello y en mis prendas. El agua me ayudaba a olvidar y me liberaba de mis tensiones. Por otro lado, me recordaba a Daniel; sus manos, sus labios en mi cuello, su perfume sobre mi cuerpo por la mañana. Me pregunté cómo serían sus besos, pero los reales, los apasionados y con sentimiento.

Me recosté sobre la cama y tomé el diario de Katy. No podía dejarme tiempo para pensar cosas que no quería.

9 de agosto del 2015

Querida Naty:

Cierro los ojos y trato de olvidar, pero no puedo. No importa cuántas veces refriegue mi cuerpo con la esponja, sigo sintiéndome sucia.

Quizás debería retomar mi tratamiento con los somníferos, así apenas recordaría lo sucedido, pero entonces sería vulnerable y no podría luchar contra él. Anoche, mientras intentaba defenderme, rompí su camisa. Logré ver aquel tatuaje de dragón que rodeaba la parte alta de su brazo. Nunca me percaté de ello y, al hacer un repaso en mi mente, recordé que jamás había visto a Mr. Hyde con una sudadera o con las extremidades superiores descubiertas.

Natalie... tú sabes quién es. No puedo decir su nombre porque si alguien más encuentra mi diario creerán que estoy loca y me enviarán a un manicomio.

Desearía que estuvieras aquí.

Katy

Mis ojos se llenaron de lágrimas y decidí dejar de leer. Me estaba haciendo daño, me torturaba.

Katherine estaba sufriendo y yo no estuve ahí. Todavía no era seguro que todo esto fuera real pero mi hermana era torturada por un hombre o por su mente, y uno de las dos la llevó al suicidio.

Me acomodé en la cama, mi cabeza reposó en la almohada para intentar descansar. Cerré los ojos y traté de dormir un poco, pero a los minutos desperté con un grito de mi gemela que, claramente, era parte de mi imaginación. No logré conciliar el sueño sin ser interrumpida por pesadillas.

Mi jornada laboral no fue la mejor debido al cansancio, además de que mi mente estaba en otro lugar, tratando de descifrar el acertijo de Katherine. Por lo menos ahora tenía una pista: si Mr. Hyde existía, tenía un tatuaje en su brazo.

Si no fuera porque debía cenar con mi familia, me hubiera ido directo a mi departamento para dormir un poco. Pero todo ese cansancio se esfumó al ver la sonrisa de Jocy.

—¡Natalie! —gritó mientras se lanzaba a mis brazos—. Te extrañé demasiado.

La abracé con fuerza y besé su frente.

Mi madre estaba muy feliz por mi visita y había preparado ese estofado que me encantaba. Me recordaba a mi infancia, junto a Katherine y a nuestro padre. Disfruté hasta la última cucharada, no todos los días mi madre me deleitaba con un platillo así.

—¿Qué tal el trabajo, Natalie? —dijo Elías mientras se limpiaba con la servilleta.

—Bien. La crisis económica no nos ha afectado, todavía. —solté una risita por mi comentario.

Él asintió. Se levantó de la mesa para dirigirse a la cocina y volvió con una cerveza en sus manos.

Mi comunicación con Elías siempre era así: fría y de pocas palabras, pero lo atribuyo a que es un hombre reservado y que no soy su hija.

—Mamá, ¿puedo mostrarle mis dibujos a Natalie? —mi hermanita parecía ansiosa.

—Claro —dijo con una sonrisa—. Vayan tranquilas, yo me ocuparé de los trastos sucios —adivinó mis pensamientos. No quería dejarle todo el trabajo, pero Jocy parecía muy entusiasmada en mostrarme su arte.

Tomó mi mano y me llevó rápidamente a su habitación. Una de las murallas estaba cubierta de hojas con dibujos muy coloridos.

—¿Te gustan? —dijo emocionada.

—Son demasiados —me acerqué a ellos para observarlos uno por uno.

Me asustaba un poco que mi hermana le dedicara tanto tiempo a esto, pero despejaba su mente de las cosas malas que una niña no debería pensar.

Los dibujos eran hermosos: coloridos paisajes o personas alegres con facciones detalladamente reproducidas. Jocy tenía talento.

—Son preciosos —susurré.

Seguí caminando para ver todos los dibujos. Hasta que uno llamó mi atención por su oscuridad y simplicidad. Era un hombre de espalda, vestía un saco negro y largo, parecía estar saliendo por una puerta y su aspecto me causaba un escalofrío que me hacía estremecer.

Miedo, eso fue lo que sentí. Un sentimiento que solo podía producir un hombre: Mr. Hyde.

Capítulo 16

—¿Conoces a este hombre?

Negó con los ojos llenos de lágrimas.

—Katherine me pidió que lo dibujara y que te lo mostrara —habló de manera rápida, sus palabras se tropezaban entre ellas.

—¿Cuándo? —estaba un poco alterada. Jocy solo era una niña, no era correcto gritarle de esa forma. Respiré profundo y la miré a los ojos—. ¿Cuándo hablaste con Katy?

—¿No se lo contaras a mamá? —preguntó angustiada.

—Será nuestro secreto —susurré.

Ella asintió y secó sus mejillas.

—Anoche, en mis sueños.

Nos miramos a los ojos, Jocy jamás me mentiría con algo así, ella adoraba a Katherine, y no podía ser su imaginación, no existían tales coincidencias.

—Me dijo cómo dibujarlo y que te lo mostrara, que tú entenderías —se ocultó en mi pecho mientras lloraba desconsoladamente, su cuerpo temblaba—. Tengo miedo, Naty.

—Tranquila, no dejaré que te hagan daño, no lo permitiré.

Abracé con fuerza a Jocelyn y traté de consolarla en medio de su llanto. Era solo una niña, ¿por qué tenía que pasar por todo esto?, ¿por qué no podía vivir su vida como cualquier niño?

—¿Va todo bien? —preguntó Elías desde el umbral de la puerta.

—Sí —afirmé para tranquilizarlo—. Ya bajamos —sonreí.

Él asintió comprensivo y se retiró para dejarnos solas unos minutos más.

No le comenté nada a mamá ni a Elías, no quería ponerlos nerviosos y preocuparlos más de lo que ya estaban por Jocy. Solo tranquilicé a mi hermanita diciéndole que sus padres la protegerían y le aseguré que nuestro secreto no sería revelado, pero, todavía así, nuestra despedida fue difícil, Jocelyn preguntaba por qué no podía quedarme a dormir con ella y lloró pidiéndome que no la dejara sola. Mi madre le explicó que yo vivía en mi propia casa y que mañana debía ir a trabajar; mi corazón se rompió en mil pedazos cuando subí al coche y tuve que dejarla.

Era real, Mr. Hyde era real. Sentí que Katherine intentaba darme una señal de que este hombre no era parte de su paranoia, no era su imaginación, ni una mentira. Le estaban haciendo un daño físico real y eso la llevó al suicidio. Mr. Hyde era la razón de su muerte. Debía encontrarlo antes de que él me encontrara a mí, vengarme por todo lo que le hizo a mi hermana e impedir que siguiera haciéndole daño a más personas.

Pasé otra noche sin dormir. Almendra cambió su expresión de felicidad por una de preocupación cuando nos encontramos en la oficina. Me interrogó sobre posibles síntomas de resfriado o si estaba alterada por algo en particular, pero negué todo. Nada de lo que estaba pasando tenía sentido, debía mantenerme en silencio.

Había guardado el dibujo de Jocy en mi bolso de mano. Parecía una locura que Katy le hablara a Jocelyn en sus sueños, pero necesitaba hablarlo con un especialista, alguien que viera lo que mi hermanita dibujó. Tomé mis cosas y, sin decir nada, me dirigí a la consulta de Daniel. Él podría explicarme por qué una niña de ocho años dibujaría a alguien que estaba en la imaginación de su hermana. Necesitaba que algo me confirmara que Mr. Hyde era real.

Al llegar, la secretaría me miró sorprendida, obviamente no esperaba mi visita. La única vez que nos habíamos visto yo interrumpí una sesión de Daniel, por lo que no me extrañó que la chica estuviera atenta a mis movimientos.

—Buenas tardes —dije cortésmente—. Sé que el doctor Ferrer está ocupado, pero ¿podrías informarle que Natalie Bórquez necesita verlo? Es urgente.

La chica asintió observándome con recelo y me pidió que tomara asiento mientras ella se comunicaba con Daniel.

Había cinco personas en la sala, todos a la espera de su consulta con el psiquiatra. La chica que estaba a mi lado se encontraba acompañada por una mujer que podría ser su madre, por los cortes en sus muñecas supuse que era una suicida en peligro. Si Katy hubiera dado una señal de ese tipo, yo habría imaginado lo comprometedor que era dejarla sola. Frente a mí había un chico que no tenía más de doce años, sus ojos observaban mis manos atentamente, hasta que levantó la vista y me sonrió. Los hematomas aún no desaparecían de mis muñecas y mi cerebro estaba demasiado cansado como para pensar en que debía maquillarlos antes de salir de mi departamento.

—Estás enferma —me susurró el chico, y no parecía una pregunta, sino una afirmación.

Mi cuerpo se estremeció y dejé de respirar por algunos segundos. No salí del trance hasta que la secretaria dijo mi nombre y me autorizó a entrar. Me levanté lentamente y no despegué los ojos del niño hasta que salió de mi campo visual.

No reconocí mi reflejo en las mamparas de vidrio. Mi rostro estaba agotado, las ojeras se marcaban de un color morado y mi cabello se encontraba despeinado. Me arreglé antes de entrar a la oficina de Daniel y cerré suavemente la puerta para no interrumpir el silencio que había dentro.

—Toma asiento, Natalie —dijo sin mirarme.

Le obedecí, él de inmediato notó que algo no andaba bien. Cerró su libro de notas y me puso total atención.

—¿Qué ocurre? —se preocupó.

Busqué en mi bolso el dibujo de Jocy y se lo presenté en el escritorio.

—¿Hay alguna explicación psicológica para esto?

Daniel tomó el papel, lo acercó y observó detenidamente. Luego levantó la mirada, estaba furioso, pero no con aquellas llamas en los ojos. Estaba molesto conmigo, con Natalie Bórquez, no con su sumisa.

—¿Por qué le hablaste a Jocelyn sobre esto? —señaló el dibujo.

—No lo hice —dije angustiada—. Ella me dijo que Katy… —me detuve y pensé en la estupidez que iba a decir.

Era ilógico que una niña haya soñado con su hermana muerta diciéndole que dibujara a un hombre y se lo mostrara a su otra hermana, y que yo le creyera. Ahora que me encontraba frente a un Daniel furioso, sentí que no podía contarle todo lo que estaba ocurriendo.

—¿Katy qué? —dijo esperando a que continuara, pero no fui capaz de emitir sonido.

Se puso de pie y rodeó toda la sala, lo seguí con la mirada y pude ver cómo guardaba el dibujo en su maletín. Suspiré al darme cuenta de que estaba mal, que no podía esperar la ayuda de alguien que no me creía, que no nos creía.

Daniel tomó asiento en el sofá que ocupaba para sus terapias y me miró esperando a que lo acompañara. Caminé hacia él sin apartar la vista de lo que había entre sus manos, era pequeño, cilíndrico, cuerpo amarillo, tapa blanca; se parecía a los medicamentos que consumía Katherine. Me senté junto a él, tratando de que mi angustia no ganara y me llenara los ojos de lágrimas.

—¿Has tenido problemas para dormir? —preguntó con ese tono formal, profesional, como el doctor Daniel Ferrer.

—Pesadillas, como siempre —dije para quitarle importancia.

—¿Qué clase de pesadillas?

—No sabía que estábamos en una terapia —no quería contestar a sus preguntas. Yo no era su paciente, no estaba enferma.

—Natalie, solo quiero ayudarte —ahora tenía ese tono de voz con el que suele manipularte.

—No puedes —dije molesta—. Tú no me crees. Mr. Hyde es real, le hacía daño a Katy, y necesito encontrarlo antes de que… —mi garganta se cerró y mi cerebro me obligó a callar.

—¿Antes de que? —me alentó a seguir, pero al ver que no lo haría, terminó mi oración—. ¿Antes de que él te encuentre a ti?

No pude evitar mi expresión de sorpresa, él sabía lo que pensaba, lo que imaginaba.

—¿Qué es eso? —dije mirando sus manos.

—No debería hacer esto, pero… —me las entregó delicadamente en las manos—, son somníferos, para que puedas descansar.

Miré la etiqueta que decía el nombre del medicamento, el nombre de una paciente y el nombre del doctor: Daniel Ferrer.

No pude evitar que mis ojos se llenaran de lágrimas y que un nudo se atravesara en mi garganta. Recordé las palabras en el diario de Katy, cómo evitaba los somníferos que le recetaba Daniel para mantenerse lúcida durante la noche, recordé el sufrimiento de mi hermana al no poder luchar contra un hombre mucho más fuerte que ella, recordé cómo describía el dolor que sintió cuando su amo la liberó. Y, ahora que lo pienso, justo en ese momento, Mr. Hyde comenzó a atacarla.

Levanté la mirada y observé con desprecio al hombre que tenía en frente.

—No lo necesito —dije mientras dejaba los medicamentos en el sofá y me ponía de pie para caminar a la salida, debía marcharme lo antes posible.

Daniel me siguió hasta alcanzar mi brazo y detenerme por completo.

—Natalie, por favor, déjame ayudarte —sus ojos parecían suplicarme y su voz se entrecortó de una manera que no esperaba.

—¿Ayudarme a qué? —le grité.

Suspiró e hizo una mueca que expresaba dolor.

—Perdóname por no decírtelo antes, pero... debes saberlo.

Le quité mi brazo, ya estaba harta de los secretos, de las mentiras, de las sorpresas.

—Las enfermedades mentales son hereditarias, están en nuestros genes —sus ojos se posaron en mí, estaban llenos de tristeza y lástima.

—Habla —le exigí.

—Hay una alta probabilidad de que sufras la misma enfermedad que Katherine —dijo al fin.

Me quedé observándolo por algunos segundos. Daniel creía que estaba loca, que necesitaba tratamiento o podía terminar… como Katy.

—Vete al demonio —dije herida y enfadada.

Salí corriendo de su consulta y, al sentirme lejos de su mirada, comencé a llorar como una niña pequeña. Yo confiaba en Daniel, me hacía sentir como nadie y su forma de escucharme era tranquilizadora, pero ahora me sentía traicionada, mentida, usada.

Fue difícil volver al trabajo. Mi cabeza estaba en todos lados menos en mis quehaceres. Pasé la mayoría del tiempo en el sanitario, mojando mi rostro y respirando profundamente, necesitaba relajarme y tener el control de mi mente. *No estoy enferma, no estoy enferma*, me repetía.

En mi hogar, solo encontré paz en el diario de Katy. Quizás se estaba volviendo una obsesión, pero debía averiguar el acertijo que mi gemela había dejado, pese a que nadie nos creyera.

1 de septiembre del 2015

Naty:

He perdido la orientación tiempo/espacio. Ya no asisto a la universidad. Los días me parecen años, y no distingo cuando voy de mi pieza al baño, o a la cocina o a otros lugares. Creo que me estoy volviendo loca, más loca de lo que estaba.

He vuelto a tomar mis medicinas, ya no quiero sentir cuando él entre a mi habitación. No puedo defenderme ni hablarlo con alguien. Los somníferos me permiten tener imágenes difusas y no concretas, lo que me hace sentir mejor.

Jocy no deja de pedirme que salga de la habitación, quiere que juguemos como antes y que nos divirtamos juntas.

Tengo miedo, Natalie. Jocelyn corre peligro. Cuando yo no esté... es muy probable que ella sea la siguiente. Debes protegerla, o Mr. Hyde le hará lo mismo.

Capítulo 17

Sabía perfectamente que estaba conduciendo a una velocidad no permitida, pero las manecillas del reloj no se detenían y mi hermanita corría peligro.

Al leer esa frase en el diario de Katy, tomé un bolso y le metí algunas prendas. No podía dejar a Jocelyn ni un minuto más sola, Mr. Hyde podía estar cerca, esperando el momento para hacerle daño.

Me estacioné en la entrada del garaje. Vi la silueta de mi madre asomándose por la ventana de su habitación, enseguida se encendieron las luces de la casa. Respiré profundo y repasé mi excusa antes de bajar del vehículo.

La preocupación se reflejaba en sus ojos. Ella aún no conocía las razones, pero sabía que verme a estas horas no tenía un buen motivo.

—¿Qué sucede, Natalie?

—Forzaron el cerrojo de mi departamento —dije mientras entraba a la casa. Todo parecía tan tranquilo que mis músculos se relajaron y pude respirar en paz.

—¿Qué? —mi madre se alteró.

—Tranquila. Los guardias vieron a tres hombres en mi puerta y al sentirse acorralados, salieron corriendo. No alcanzaron a entrar, pero me dejaron sin protección, así que preferí quedarme contigo. No te molesta, ¿verdad? —fingí estar asustada y traté de que mis manos tuvieran un leve temblor.

—Claro que no, hija. Hiciste bien en venir —me dio un fuerte abrazo y acarició mi cabellera. De seguro intentaba tranquilizarme—. Ya sabes que Elías ha convertido tu habitación en una oficina, pero puedes dormir con Jocelyn.

—Gracias, mamá —besé su mejilla y le sonreí.

El cuarto de mi madre se encontraba en el primer piso, por lo que pude ver a Elías asomarse por la puerta. Quizás estaba preocupado por mi visita tan repentina, pero al ver que mi madre decía: *Buenas noches*, me sonrió y alzó su mano en señal de despedida.

Subí al baño para colocarme el pijama y lavar mis dientes. Ahora podía vigilar los sueños de mi hermanita y asegurarme de que estuviera bien. Entré silenciosamente a su habitación y traté de no hacer demasiado peso en su cama cuando me acomodé.

Su rostro estaba relajado, sus labios entreabiertos y hacía ruido al respirar. Su cabello olía a sudor de bebé, se me apretó el corazón y el instinto maternal se apoderó de mí. Era solo una niña y debía pasar por tantas cosas: la muerte de su hermana, evaluaciones con un psiquiatra y estar en la mira de un psicópata. Acaricié su mejilla y besé su frente, ahora estábamos juntas y yo no permitiría que nadie la tocara.

Debí quedarme dormida, porque comencé a soñar con Mr. Hyde. Estaba de espaldas a mí, me observó por el rabillo del ojo y sonrió. Sentí un escalofrío envolver mi columna vertebral, el miedo me estremeció y las lágrimas resbalaban de mis ojos. Miré la ropa que llevaba puesta: mi blusa estaba rota y mis bragas manchadas con sangre por la agresión que había sufrido. Jocelyn apareció en el umbral de la puerta, estaba asustada y me miraba con los ojos brillosos. El hombre comenzó a caminar hacia ella y cerró la puerta detrás de él. Me aterroricé y comencé a gritar el nombre de mi hermanita y a rogar que no le hiciera daño.

Fue entonces cuando desperté, sobresaltada y cubierta de sudor, mi respiración estaba acelerada y sentía que no capturaba el oxígeno suficiente. Jocy se removió en la cama, pero no despertó, solo se quejó y siguió durmiendo.

Salí de la habitación para ir por un vaso con agua, tenía la garganta seca y aún me sentía atrapada en la pesadilla. Mis piernas temblaban al igual que mis manos, por lo que derramé un poco de agua en el suelo antes de que llegara a mi boca. Dejé el vaso en su lugar y empapé un paño para pasarlo por mi cuello, necesitaba sentir el frío y asegurarme de que estaba despierta.

Unos pasos cerca de mí me sobresaltaron, me volteé rápidamente para defenderme.

—Lamento asustarte —dijo Elías acercándose lentamente.

Mis músculos se relajaron y le sonreí para disculparme.

—¿Pesadillas? —abrió la nevera y sacó la jarra de jugo. Se sirvió en un vaso y bebió hasta el fondo, luego repitió el procedimiento. Observé cada uno de sus movimientos hasta que nuestros ojos se encontraron, entonces aparté la mirada algo avergonzada.

—Sí —respondí de manera tardía.

Elías asintió y se acercó al fregadero para dejar las cosas sucias. Cuando se inclinó, la manga de su polera se levantó unos pocos centímetros, pero fueron suficientes para dejar a la vista su tatuaje de dragón.

Me quedé mirándolo, horrorizada, hasta que el hombre lo notó.

—¿Sucede algo? —su expresión parecía preocupada, pero sus ojos revelaron la mentira.

—No, yo… yo volveré a la cama —no pude ocultar mi nerviosismo.

Caminé lentamente por las escaleras, pero apresuré el paso de camino a la habitación. Cerré la puerta detrás de mí y traté de controlar mi respiración al ver que Jocelyn estaba despierta.

—¿Qué pasa? —dijo angustiada.

—Nada, vuelve a dormir. Estaré contigo.

Me acomodé junto a mi hermana y la abracé para que se sintiera segura y lograra conciliar el sueño. Por el contrario, yo no pude volver a dormir, ya que cada vez que mis ojos se cerraban, escuchaba un ruido en la puerta. Pero podía ser parte de mi imaginación o podía ser… real.

Me hubiera gustado tener el diario de Katherine en estos momentos. Necesitaba comprobar mis sospechas, necesitaba saber más pistas. Mr. Hyde podía ser Elías y, sí estaba en lo correcto, todas corríamos peligro.

Mi rostro lucía cada vez más cansado. Cuando estaba frente a la computadora, mis ojos comenzaban a cerrarse y me sobresaltaba cuando Almendra decía mi nombre. La chica estaba preocupada, me preguntó en reiteradas ocasiones si me sentía mal y me sugería que fuera a casa para descansar. Pero no podía hacerlo, no con Jocelyn corriendo peligro.

Luego de la escuela, Jocy se quedaría en casa con la señora Carmen, quien seguía cuidándola cada día. Eso me daría tiempo para salir del trabajo, ir a mi departamento por el diario de Katy y algo de ropa limpia, y volver a casa de mi madre con la excusa de que no he encontrado un cerrajero que asegure mi puerta. El problema era: ¿por cuánto tiempo más podría usar esa excusa?, y si buscaba otra, ¿me creería? Esto ya no podía seguir así, debía averiguar quién era Mr. Hyde para ponerle fin al peligro que corría mi hermana pequeña.

Abrí el buscador en internet y escribí: *Elías Valdés*. Pero solo me arrojó como resultado su Facebook y algunas personas con su mismo nombre. Intenté con: violación a chica joven; el cual me arrojó más de diez mil resultados, que luego filtré por ubicación y época en que pudo haber ocurrido. Se redujo a dos mil resultados, los cuales comencé a revisar uno por uno.

Decidí comenzar de lo más antiguo a lo más nuevo. Mi madre se hubiera percatado de que estaba con un psicópata, ella no es tonta, por lo que había mayor probabilidad de que cualquier agresión a otra chica fuera antes de que se conocieran.

Revisé reportaje tras reportaje, sin encontrar nada que me ayudara, hasta que vi su fotografía. Pese a estar mucho más joven, podía reconocerlo, sus facciones no habían cambiado mucho, pero su mirada... jamás había visto esa mirada en él, tan siniestra y llena de odio. Había sido tomada por la policía de investigaciones, y el reportaje había sido escrito por un periodista autorizado.

Su verdadero nombre era Mauro Henríquez Delgado, en ese momento tenía veinticinco años y había violado a una chica de diecisiete. No hubo intento de homicidio, por lo que fue puesto en libertad dos años luego del delito. Al final del artículo el periodista relataba que no se sabía nada de su paradero y que era posible que saliera del país para iniciar una nueva vida. Pero no... el muy maldito se cambió el nombre y decidió casarse con mi madre para formar una familia.

Busqué más información con su verdadero nombre. Se deducía que había sido parte de al menos cuatro violaciones, pero solo fue sentenciado por una, debido a la falta de pruebas que lo involucraran. Al ver su nombre en reiteradas ocasiones, recordé el apodo que mi hermana le había dado: Mr. Hyde, entonces entendí, era uno de sus acertijos. Katherine sabía que su auténtico nombre no era Elías y creó un apodo como clave para descubrir toda la verdad, para que yo la descubriera. Mr. representaba Mauro, H era la inicial de Henríquez y DE, las primeras letras de Delgado. Ya no tenía dudas, Elías era Mr. Hyde.

Mi celular sonó y me sobresalté quedando con el corazón en la garganta. Olvidé que había programado la alarma para cuando finalizara mi horario laboral. Tomé mis cosas rápidamente y me despedí de Almendra con una seña, mi tiempo se había reducido ahora que sabía la verdad.

Respiré profundo e intenté conducir atenta a los semáforos y los peatones que cruzaban cuando no debían. En ocasiones apretaba el acelerador más de la cuenta y el motor gruñía exigiendo más velocidad, por lo que relajé las piernas y me tranquilicé, aún tenía tiempo para llegar a casa antes que Elías. Estacioné en mi lugar reservado y corrí hasta mi departamento para tomar el diario de Katherine y buscar más pistas.

Mi hogar estaba intacto, todo en su lugar y nada nuevo. Busqué el cuaderno y comencé a hojearlo rápidamente, leyendo en busca de algo importante, algo que saliera de lo común, hasta que llegué a una de las últimas hojas escritas.

20 de enero del 2016

Naty:

Me estoy ahogando, me siento atrapada en mi propio hogar, en mi propia habitación. Siento que no hay salida de esta tortura, que jamás terminará y que cada día es más doloroso soportarlo.

Todas las noches observo cómo mamá bebe el té que Mr. Hyde prepara especialmente para ella, para que duerma profundamente y no pueda escuchar mis lamentos. Jocelyn toma una leche con algo similar, al menos eso le permitirá vivir en una burbuja y seguir una infancia feliz, pero temo que la pompa de jabón reviente y nuestra hermanita sufra la tortura que yo debo afrontar cada noche, cuando el silencio se hace presente en la casa y la oscuridad cubre su verdadera identidad.

A veces me pregunto cuánto más lograré soportarlo, hermana. Pese a que nos vimos en las fiestas de fin de año, ya te extraño. Lamento no haberte dicho nada sobre lo que ocurría, lamento fingir que todo estaba bien con mi tratamiento. Lo siento...

Te ama... Katy

Las lágrimas querían salir, pero me obligué a contenerlas. No iba a permitir que Jocelyn pasara por eso, no permitiría que le hiciera daño y, sobre todo, vengaría a mi hermana. Todo el dolor que le había provocado, toda la tortura que la llevó al suicidio, todo... Pagará por cada noche que mi hermana vivió una agonía.

Guardé ropa limpia en el bolso junto con el diario de mi hermana, tomé todo lo necesario y me marché a mi antiguo hogar, debía recuperar la paz que antes existía en él, cuando nuestro padre vivía y jugaba con nosotras, cuando todos éramos felices y nada nos preocupaba.

Mientras conducía, me pregunté si el hecho de que me fuera había desatado todo esto, si le había brindado una oportunidad a un psicópata para que llevara a cabo sus más oscuros deseos. Antes de bajar del carro, grité de dolor y angustia al pensar que todo esto era mi culpa, pero luego, al saber que Jocelyn no pasaría por lo mismo, me sentí aliviada, y por una sola vez no me arrepentí de haberme quedado. Sequé mis lágrimas y arreglé mi maquillaje para que no se percataran de que algo ocurría.

La señora Carmen me sonrió de esa manera tierna y angelical que te hace sentir más tranquila. Ella sabía perfectamente que, si yo estaba aquí, se podía retirar a su hogar antes, así que me despedí de ella con un beso en la mejilla y le indiqué a Jocy que hiciera lo mismo. Una vez solas, la miré a los ojos y ella de inmediato me entendió.

—Jocelyn —me agaché para quedar a su altura—, quiero que me respondas con la verdad, ¿de acuerdo?

Mi hermanita me miró horrorizada y asintió rápidamente. Respiré hondo antes de comenzar, tenía miedo de sus respuestas.

—¿Conoces a Mr. Hyde?

Ella desvió la mirada y apenas pude escuchar su afirmación.

—¿Quién te lo dijo?

—Katy —sus ojos se llenaron de lágrimas, pero aun así intentó hablar—. Ella me dijo que mi padre era un hombre malo, que ella siempre me protegería, pero que no sabía cuánto más podría resistir.

Traté de no mostrarle el terror que sentía el recordar todas las cosas escritas en el diario.

—Tu padre... —sentí repulsión al mezclar esa palabra con la pregunta que quería hacer—. Elías... ¿te ha hecho daño alguna vez? —mi voz se quebró.

Entonces Jocy negó con la cabeza y agachó la mirada. Sentí cierto alivio tras su respuesta.

—Pero... le hacía daño a Katherine. Ella lloraba todo el tiempo y eso también me ponía triste. Él es un mal hombre —se tiró a mis brazos y comenzó a llorar desconsoladamente—. No quiero que te haga daño, Naty.

—No lo hará —dije acariciando su cabellera—. No dejaré que nos haga daño.

—Él te quiere a ti —susurró —. Katy me lo dijo, cuando aún estaba viva, y me pidió que te advirtiera.

Entonces recordé el día en que Jocy me dijo que su papá era malo, y yo traté de explicarle que Katy no estaba bien. Ella quiso advertirme.

El diario, no leí las últimas páginas. De seguro en ellas Katy me señalaba todo esto.

—Escúchame, Jocelyn —la separé de mí para que me viera a los ojos—. Te prometo que todo estará bien, volveremos a ser felices.

Ella asintió y se refugió en mi pecho, la abracé con fuerza y le di amparo. Saldríamos de esta, protegería a mi hermana y a mi madre sin importar nada.

Capítulo 18

Mi madre parecía sorprendida por mi presencia

—Creí que ya habían arreglado tu cerradura —dijo preocupada.

—El cerrajero no podía asistir hoy, así que quedamos el lunes —me dolía mentirle a mi madre, pero debía hacerlo.

Elías entró con algunas bolsas en las manos y sonrió al verme, como si me esperara. Dejó las compras sobre la mesa y se unió a nuestra conversación.

—¿Sucede algo? —fingió preocupación.

—Natalie aún no puede arreglar su puerta, así que se quedara con nosotros —le respondió mi madre.

—Está bien, pero que no duerma con Jocy —dijo antes de marcharse a la cocina.

Me quedé mirándolo con los ojos como plato, y mi sorpresa fue aun mayor al ver cómo mi madre asentía comprensiva.

—Ayer el doctor Ferrer la evaluó y nos dijo que estaba un poco alterada —me explicó—. Lo mejor es que se mantenga tranquila y duerma como corresponde —tomó mi rostro entre sus manos y me miró a los ojos—. Hija, no quiero ser hiriente, pero se nota que no has dormido bien, estás un poco alterada y quizás eso no le hace bien a tu hermanita. Obvio, puedes quedarte, pero intentemos que Jocelyn esté en paz, ¿sí?

Asentí confundida por lo que mi madre me estaba diciendo. Tuve miedo de que Daniel le hablara sobre todo lo que ocurría y que me creyera enferma como Katherine. Tomé mi bolso y caminé junto a mi madre a la habitación, esperé a que me abriera la puerta y dejé mis cosas en ella.

Cenamos en silencio y ayudé a lavar los trastos sucios como lo hacía antes, cuando vivía con mamá y todo parecía estar bien, sin problemas, sin miedos, sin un psicópata en la casa. Llevé a Jocelyn a su cuarto y le leí un cuento antes de dormir, estaba asustada de que durmiéramos separadas y me rogó que no la dejara sola, pero debía hacerlo, quizás mamá tenía razón y yo estaba alterando a mi hermanita.

—Tranquila, estaré en la habitación de Katy, puedes llamarme y yo te escucharé —besé su frente y le sonreí.

—¿Y si papá intenta hacerte daño?

—No lo hará. Todo estará bien.

Encendí su lámpara y dejé que durmiera con aquella luz tenue para que no sintiera miedo. Acaricié su cabello con suavidad y esperé a que se quedara profundamente dormida para abandonar la habitación.

El cuarto de Katherine no lucía como antes pese a que mamá lo abriera solo para asearlo. Se sentía frío, terrorífico y para nada acogedor, me producía un escalofrío y el miedo me penetraba hasta los huesos. Cerré la puerta con seguro y moví uno de los muebles para que su peso asegurará la entrada; entonces lo vi, algo de lo que antes no me había percatado. Había líneas en el piso que seguían el recorrido que yo le había dado al mobiliario, como si alguien lo hubiera arrastrado múltiples veces en la misma dirección, con el mismo propósito. Imaginé a Katherine moviendo su mueble para que Elías no lograra entrar a la habitación, mi corazón se apretó y mis ojos se llenaron de lágrimas.

Pasó otra noche en la que no pude dormir. Estaba sentada en la cama, alerta, esperando a que alguien intentara abrir la puerta. Cada vez que mis ojos se daban por vencidos, escuchaba un ruido que me quitaba el sueño.

Al día siguiente intenté disimular y aparentar tranquilidad, pero mi madre notó mi cansancio y me sugirió que durmiera en reiteradas ocasiones. Luego de la comida, salí a jugar con Jocelyn a nuestro patio, para que se distrajera y lograra serenidad. Tomamos algunas flores e hicimos coronas, imaginamos que éramos las princesas del bosque y que podíamos hablar con los animalitos que lo habitaban.

—La princesa Natalie debe comprometerse —dijo mientras fingía ser la reina.

—Oh no, madre, yo no deseo casarme. Además, ¿qué príncipe desearía casarse con una loca que habla con flores y animales?

—Solo un príncipe igual de loco —dijo una voz masculina.

—Doctor Daniel —Jocy corrió a sus brazos.

¿Qué hace aquí?, me levanté del césped y me acerqué para saludarlo con un apretón de manos, aún estaba enfadada por su intento de medicarme y su diagnóstico apresurado.

—¿A qué has venido? —dije con un tono molesto.

—Fui a buscarte a tu departamento.

Miré a Jocy, quien parecía muy pendiente de nuestra conversación, y la envié adentro a ayudar a nuestra madre.

—Casi rompo tu puerta a patadas, por suerte el conserje me informó que no habías llegado desde anoche.

—¿Ahora estás espiándome?

—No, Natalie, solo quería asegurarme de que estuvieras bien.

—Estoy bien, ahora puedes irte —dije dispuesta a entrar a la casa, pero Daniel me detuvo rápidamente.

—Tampoco dormiste anoche, ¿verdad?

¿En serio? ¿Tan mal lucía? Todos parecían darse cuenta de que las noches estaban siendo una tortura para mi cerebro.

—Por favor, vete —le supliqué.

Daniel metió la mano a su bolsillo y sacó ese frasco de pastillas que tanto odiaba.

—Te ayudará —insistió entregando el medicamento.

—No lo necesito —mi voz sonó elevada y mi respiración estaba alterada.

—¿Que no te das cuenta? El cerebro no funciona como debe cuando no descansas. Seguirás alterada y tus sentidos se volverán aún más lentos. Necesitas descansar.

—Natalie —dijo mi madre tomándome por sorpresa—. El doctor Ferrer tiene razón.

Miré a la mujer que más me entendía en el mundo, luego de Katherine. Parecía preocupada y angustiada. Tomó el frasco de pastillas y lo guardó en su bolsillo.

—Gracias —le dijo a Daniel antes de entrar a la casa.

—Sí, gracias —dije irónica y seguí a mi madre.

Esperé a que Daniel se marchara para explicarle a mi madre que solo estaba estresada y que no necesitaba pastillas para dormir, pero ella insistió en dármelas antes de irme a la cama. Mientras trataba de convencerla, Elías nos observaba con una sonrisa que me causaba escalofríos, parecía feliz de todo lo que estaba sucediendo, como si fuera una oportunidad.

No podía permitir que esto me dejara en desventaja y que mi madre creyera que estaba loca, si eso sucedía sería como Katherine, una presa fácil de atrapar y torturar. Mamá sugerirá que viva con ellos hasta que me sienta mejor, me encerrarán en el cuarto de Katy y por las noches me darán somníferos para que un psicópata tenga la oportunidad de aprovecharse de mí o, algo peor, hacerle daño a Jocy.

Mi cabeza comenzó a idear un plan, esto no podía continuar y la verdad tendría que saberse lo antes posible, nadie le haría daño a mi hermanita, esta vez estaba lista y dispuesta a impedirlo. Le pedí a Jocelyn que distrajera a nuestra madre y a Elías con algún juego en el jardín, mientras yo me dirigí a la habitación de mamá y busqué en su mesita de noche el manojo de llaves que pertenecían a cada puerta de la casa. Las llevé al cuarto de Jocy y probé con cada una de ellas hasta encontrar la que abriera el cerrojo. Guardé la llave en mi bolsillo y dejé el resto en su lugar.

Ayudé a preparar la cena y nos sentamos todos juntos en la mesa, fue difícil soportar a Elías y fingir que nada ocurría, pero debía hacerlo para no agravar la situación. Miré a Jocelyn, quien no había tocado un bocado de su plato, y le hice un gesto para que comiera. Al finalizar, hicimos una sobremesa donde mi madre hablaba de su día en la pastelería, Elías veía los deportes en las noticias y mi hermana había vuelto a sus dibujos en la mesita de la sala. No sabía cuánto más podía disimular todo lo que estaba pasando, mi mente se sentía fatigada de pensar en cosas positivas y alegres, sobre todo si se veía forzada a mirar al asesino de Katy.

De manera improvista, Elías se metió a la cocina y salió con un té para mi madre y una leche caliente para Jocy.

—Gracias, amor —dijo mi madre con una sonrisa—. El té con naranja que hace Elías es exquisito —esta vez me estaba hablando a mí.

—¿Quieres, Natalie? —dijo con una sonrisa que jamás había visto.

Las palabras en el diario de Katherine llegaron rápidamente a mi cabeza.

—No, gracias. El té me quita el sueño —traté de no titubear y de parecer agradecida por su gesto.

—Jocelyn, debes tomar tu leche antes de dormir —dijo Elías, dejando la taza en su lugar.

La niña me miró rápidamente y yo asentí de manera discreta antes de que alguien pudiera ver nuestra conexión.

Mi madre siguió hablándome mientras consumía la infusión que olía a canela y naranja, de seguro ambos eran para camuflar el sabor de los somníferos. Jocy permaneció en silencio mientras consumía su lácteo para fingir, junto conmigo, que todo estaba bien.

Lavé los trastos sucios para distraerme, pero solo conseguí darle más vueltas a todo lo que estaba pasando y lo que estaba por suceder. Una parte de mí sabía que debía tener miedo, mas, por alguna razón, no lo sentía. Quizás la rabia y deseos de proteger a lo que más amaba me daba el valor para enfrentarme a ese hombre. Mi estómago se apretó y el nudo en mi garganta me molestaba cada vez que tragaba saliva, pero no me dejé dominar por la angustia, ya que debía tener la mente fría y razonar cada uno de mis pasos antes de actuar, era importante mantener la calma y no dejarme llevar por la rabia e impotencia.

Mi madre se despidió de Jocy con un beso en la mejilla y susurró en mi oído que me esperaba en la habitación de Katy. Asentí con una sonrisa y disimulé lo disgustada que me encontraba por tener que tomar los somníferos.

—Vamos, Jocelyn —dije tomando su mano.

Entramos a su habitación y le sugerí que se pusiera el pijama, ella rápidamente me obedeció. Arreglé su cama y prendí la lámpara para que iluminara la habitación.

—¿Qué va a pasar, Natalie? —sus ojos me miraban atemorizados.

—Nada, solo vas a dormir y todo estará bien —susurré y besé su frente para tranquilizarla.

—Naty... tengo sueño —dijo muy asustada. Sabía que su estado era provocado por los somníferos.

Tomé la llave de mi bolsillo y se la entregué sosteniendo sus manos para que me prestara atención.

—Cuando salga, debes cerrar la puerta con seguro. Si tú tienes la llave nadie podrá entrar, ¿de acuerdo?

—¿Qué hay de ti? —le tembló la voz.

—Estaré bien —sonreí y besé su pequeña mano antes de soltarla.

Asintió con los ojos llorosos y se lanzó a mis brazos como si fuera una despedida.

Antes de salir de la habitación, marqué el número celular de Daniel y esperé a que me contestara, pero me arrojó al buzón de voz. Decidí dejar un mensaje, ya que no tenía tiempo de enviarle un texto.

—Daniel, soy Natalie. Sé que no me crees y que quizás tienes muchas razones para no hacerlo, pero Mr. Hyde es Elías y quiero que lo sepas porque —bajé la voz— si me pasa algo, debes cuidar de Jocelyn. Te lo ruego —colgué el teléfono e intenté respirar profundo para no entrar en pánico.

—Lista —dije con una sonrisa.

—Sí.

Caminé hasta la puerta y salí de manera natural, como la noche anterior. Escuché el golpe de la puerta y el sonido del cerrojo siendo asegurado, entonces pude respirar más tranquila. Jocelyn estaba a salvo dentro de su habitación.

Me encontré con mi madre en el dormitorio de Katherine, me esperaba con un vaso de agua y las pastillas que había dejado Daniel.

—Ya está dormida —dije tomando el vaso y estirando mi mano para recibir el medicamento, debía cooperar.

—Qué bueno, hija. Ahora tú debes descansar —dijo antes de un bostezo largo y profundo.

Asentí, llevé las píldoras a mi boca y bebí toda el agua del vaso.

—Gracias, mamá. Iré a cepillarme los dientes —sonreí.

Caminé hacía el baño y esperé a que mi madre bajara las escaleras para encerrarme en el cuarto y ponerme de rodillas en el inodoro. Metí dos de mis dedos en mi boca hasta llegar a la garganta, repetí el procedimiento para eliminar las pastillas de mi estómago y así no hicieran efecto en mí, no podía quedarme dormida, no esta noche. Humedecí mi rostro y miré mi reflejo, estaba cansada y asustada. Recordé nuestra última videollamada con Katherine, lucía exactamente igual.

Tomé el celular y activé la grabadora para que registrara cada palabra que aquel hombre me revelara. Me aferré a la manecilla de la puerta y tomé un gran bocado de aire, una vez lista, abrí con valentía y salí pensando que todo esto lo hacía por Katy y por nuestra familia.

Levanté la vista y vi a Elías detenido al fondo del pasillo, observándome de aquella manera malvada que me recordó al hombre de las fotografías.

—¿Qué ocurre, Natalie? ¿Tienes miedo?

Capítulo 19

Comenzó a caminar hacia mí. Sus pasos eran largos y seguros, no tenía compasión.

—No le harás daño a Jocelyn —le grité.

Mi cuerpo comenzó a tiritar y toda la adrenalina que había en mí ya no era suficiente para controlar el miedo.

Elías se detuvo justo enfrente de mí, me sonrió de una manera que no podía reconocer, me causaba escalofríos y náuseas a la vez.

—Ay, querida Natalie, eres igual de ingenua que Katherine —acomodó un mechón de mi cabello y acarició mi mejilla.

Traté de alejarme, pero rápidamente tomó mi rostro y presionó mi cabeza contra la muralla. Un chillido salió de mis labios y los ojos se me llenaron de lágrimas por el dolor.

—Yo jamás le haría daño a mi hija —susurró. Sus labios rozaban mi oído, un nuevo escalofrío me hizo estremecer—. Jocelyn fue la amenaza para Katherine, y el señuelo para ti —su lengua recorrió mi pabellón auricular.

Sentí la bilis en mi garganta, el deseo de vomitar se hacía más fuerte y su olor a sudor me volvía vulnerable.

Elías me tomó por sorpresa al agarrar mi cabello y comenzar a jalarme hacia la habitación de Katy. Me tropecé en los primeros pasos, pero no se detuvo y, arrastrarme por el suelo solo causaba más dolor en mi cuero cabelludo. Intenté ponerme de pie un par de veces, mas no lo conseguí por la velocidad que habían adquirido los pasos del hombre. Me lanzó con fuerza al interior del cuarto, mi cabeza se azotó contra el suelo, causando que toda la habitación me diera vueltas y se agregara un nuevo dolor en mi cuerpo. Mientras Elías aseguraba el cerrojo, me levanté rápidamente e intenté abrir la ventana para gritar ayuda, pero él fue más rápido y me agarró de un brazo, me acorraló en la pared y presionó mi cuerpo contra el suyo. Me tenía completamente inmovilizada.

—No irás a ningún lado, Naty. Esperé demasiado tiempo para tenerte aquí, cerca de mí —su mano acarició mi mejilla.

No podía defenderme, su otra extremidad estaba afirmando mis brazos y el resto de mi cuerpo ni siquiera podía temblar por lo paralizado que se encontraba. Sus dedos comenzaron a descender por mi cuello, recorriendo mi clavícula y desabrochando uno a uno los botones de mi blusa, hasta que mi sujetador se hizo visible.

—¿Por qué haces esto? —mi voz apenas se escuchaba, pese a que todo estuviera en silencio.

Levantó la vista y me sonrió como un niño que al fin obtiene el caramelo que quería.

—Es una pregunta difícil, Natalie —me dio un beso desenfrenado, su lengua penetró mi boca y sus dientes golpearon mis labios. Tuve que tragar el vómito que había llegado a mi faringe.

—Le hiciste daño a Katy —le grité con furia.

—Ella ya estaba enferma, preciosa. Yo solo le di algo real, pero que nadie creería —rió burlesco—. De todas formas terminaría en un manicomio.

Mi blusa ya estaba desabrochada por completo, entonces abrió mi pantalón.

—¡Tú la violaste y eso empeoró todo!

Golpeó mi rostro con fuerza, sentí el sabor de la sangre en el interior de mi boca y en un costado de mi labio inferior. Las lágrimas saltaron de mis ojos y un gemido que escapó de mi garganta provocó algo en Elías, podía sentir su miembro en mi muslo.

—No me gusta esa palabra, la odio —sus gritos me hicieron temblar—. Es solo que… me gusta cuando lloran, cuando luchan, cuando gritan —se acercó a mi oído y susurró—, cuando sufren.

Sollocé mientras las lágrimas corrían por mis mejillas. Toda mi valentía quedó atrás, ahora el miedo no me dejaba pensar con claridad, estaba siendo presa del pánico y no sabía cómo escapar de todo esto.

Su mano se coló dentro de mis pantaletas, traté de liberar la presión que mantenía su cuerpo sobre el mío, pero me fue imposible.

—¡Quieta! —volvió a besarme violentamente, mientras me tocaba. Chillé al sentirme vulnerable—. Eres más difícil que tu hermana.

Sus dedos comenzaron a buscar otra cosa y, aunque me moví lo más que pude para evitarlo, encontraron su objetivo. Me penetró con dos de ellos y di un grito que desgarró mi garganta.

—No te esfuerces, preciosa, nadie te escuchará.

Me cogió por las caderas y me empujó hacia la cama. Antes de que pudiera salir corriendo, se lanzó sobre mí y comenzó a quitarme los pantalones. Sabía lo que iba a ocurrir, lo había leído tantas veces en el diario de Katy, y ahora estaba sintiendo aquel sentimiento que ella relataba con agonía.

Tenía que salir de ahí, llamar a la policía y mostrarles la grabación, ahí estaban todas las pruebas que se necesitaban para meterlo en la cárcel de por vida. Comencé a respirar profundo para que mi mente se liberara de todo el miedo e ingeniar un plan para salir de la habitación, pero no podía, al ver que mis pantalones estaban en el suelo, el pánico se apoderó de mí.

Elías se alejó para desabrochar sus *jeans*, al fin no sentí la presión de su cuerpo, era mi momento de actuar. Me puse de pie sin pensarlo y empujé al hombre hacia la mesita de noche de Katy, me aseguré de que cayera y se golpeara en la cabeza antes de echar a correr hacia las escaleras. El teléfono se encontraba en el primer piso y no tenía demasiado tiempo para hacer la llamada, así que corrí a toda velocidad.

Bajé algunos peldaños, pero antes de que pudiera continuar, sentí una fuerza en mi espalda que me empujó y me hizo caer escaleras abajo. Todo mi cuerpo resultó lesionado, apenas pude levantar la cabeza para ver a Elías que me observaba triunfante desde arriba. Comenzó a bajar lentamente, disfrutando mi sufrimiento. Intenté levantarme, pero un dolor punzante y ardiente en la pierna derecha me dejó imposibilitada para correr.

Sentí una brisa que revolvió mi cabello y el ruido de la puerta de la bodega de mi padre al ser azotaba por el viento… estaba abierta. En el ventanal vi un reflejo difuso, al principio la confundí conmigo, pero luego me di cuenta de que no era yo, era Katy. Tomé todo el valor que pude y me puse de pie para correr lo más rápido que me permitía mi pierna lesionada.

La ventana estaba abierta por alguna razón, al igual que la bodega de mi padre. Katherine me estaba ayudando.

Recordé todas las herramientas que había en ese lugar, cosas con las que me podía defender. Al entrar di vuelta algunas cajas en busca de un napoleón o alguna llave pesada y cuando logré encontrar algo, Elías me tomó por las piernas y me hizo caer de bruces. El dolor que recorría mi extremidad inferior derecha me hizo sollozar.

—Mientras más te resistes, más me calientas.

Escuché cómo bajaba el cierre de su pantalón y el roce de la prenda al descender por su piel. No podía moverme, mi pierna estaba mucho más dañada y aún me encontraba aturdida por el golpe que había recibido. Cerré los ojos y traté de pensar en mis recuerdos con Katy, esos de cuando éramos felices, cuando éramos las mejores amigas, cuando nadie podía separarnos.

Tomó mi ropa interior, desplazándola hacia un lado, y me penetró violentamente. Sentí, más que dolor en mi entrepierna, repulsión, asco, tristeza, rabia, miedo; sentimientos que mezclados conseguían enloquecer a cualquiera. No podía resistirme, su fuerza era mayor que la mía, pesaba mucho más que yo y mi tamaño no me permitía hacerle competencia. Comencé a gritar por el dolor y la angustia que sentía, las lágrimas salían una tras otra y mi cerebro estaba apagado, como si alguien lo hubiera suprimido. Solo me dejé vencer.

—¡No te rindas! —escuché a Katy que gritaba dentro de mi cabeza. Esa era su voz y ese tono ya lo había ocupado conmigo.

Fue ese día, cuando discutimos sobre mi viaje a Puerto Montt.

—Te estas rindiendo, Naty —me dijo con los ojos llenos de lágrimas—. Si te vas, te estarás rindiendo ante todo esto: Max, el aborto, tu culpa.

—Katy… no puedo…

—No me dejes, Natalie. ¡No te rindas!

Abrí los ojos y vi la llave de tuercas, la más grande y pesada de toda la colección de mi padre. La tomé y, sin pensarlo, le di un golpe en la cabeza a Elías. Saqué fuerzas de mi interior y corrí hacía el teléfono que se encontraba en la sala, tratando de no darle demasiado peso a mi pierna derecha. Marqué el número de emergencias y observé la bodega de mi padre mientras sonaba el tono. Elías aún no lograba ponerse de pie.

—Carabineros de Chile, ¿cuál es su emergencia?

Le expliqué rápidamente que había un psicópata violador en mi casa y que me había hecho daño. Di la dirección pausadamente para que se entendiera a la perfección y corté cuando la chica dijo que enviaría una patrulla a mi domicilio.

Elías estaba caminando torpemente hacia el ventanal, por lo que subí las escaleras con dificultad y me encerré en la habitación de Katy, necesitaba ganar tiempo para que llegara la policía. Me escondí en el armario y cubrí mi boca con ambas manos para que no se oyera mi respiración. Escuché cómo se introducía la llave en el cerrojo y se movía hasta lograr abrir la puerta. Mi respiración se aceleró y presioné más fuerte mis labios para que no emitieran sonido. Vi su silueta entrando a la habitación, observó alrededor y rió burlescamente.

—No te puedes esconder de mí, Natalie —se asomó bajo la cama de Katy y, al no encontrarme, volvió a reír —conozco muy bien esta habitación.

Se acercó al armario de junto, abrió las puertas haciendo un sonido de "te encontré", pero rápidamente las cerró con fuerza por la rabia y frustración.

—Bueno... solo queda un lugar —susurró y caminó hacia mi escondite.

Ahogué un grito de pánico y mis ojos se llenaron de lágrimas. Tenía que pensar en algo rápido.

Capítulo 20

Cuando vi su sombra frente a mí, empujé las puertas hacia él y traté de correr para alejarme lo antes posible, pero fue inútil. Elías tomó de mi cabello con fuerza y me jaló hacia él, rápidamente hizo una maniobra que me dejó inmóvil en el suelo.

—¡Ya basta! —me gritó. Tomó mi pierna derecha y comenzó a moverla—. Veamos cuánto puedes correr con una pierna rota —desplazó mi extremidad hacia un lado hasta que algo sonó, sentí un dolor punzante e intenso.

Se lanzó encima de mí y despejó mi rostro apartando cada cabello con delicadeza. Secó mis lágrimas mientras me observaba con tristeza.

—Yo no quería hacerte daño, Natalie, pero tú me obligaste.

En respuesta, solo se escuchaban mis quejidos por el dolor que aún vivía en mi cuerpo. Estaba completamente lastimada, no solo físicamente, también emocional y psicológicamente. ¿Cómo Katherine pudo soportar esto por tanto tiempo? Era valiente, lo fue en cada momento que vivió lo más horrible que alguien pudiera vivir. Hasta que no resistió...

—Tú la mataste —susurré.

—¿Qué dijiste, preciosa? —ahora sí tenía su atención.

—Tú la mataste —repetí muy segura de lo que decía.

Sonrió malévolamente y negó con la cabeza.

—Ella se mató. Yo no hice nada.

Que no sintiera culpa por la muerte de mi hermana me colmó de una rabia que me hizo más fuerte. Era un maldito bastardo que debía pagar por todo lo que había hecho. Con mi pierna izquierda lo golpeé en su parte débil, consiguiendo que se me quitara de encima.

Esta vez no quería escapar, me abalancé sobre él y traté de golpearlo, enterrarle mis uñas, descargar toda la ira que tenía dentro. Elías me empujó hacia la pared, golpeándome nuevamente en la cabeza, pero esta vez quedé mucho más aturdida. Sentí como si me faltara la respiración y mi vista se nublaba a momentos. Vi que el hombre se ponía de pie y me observaba con desprecio.

El rostro de Elías estaba sangrando debido a mis golpes y por la cien le corría un hilo de sangre debido al porrazo que le di con la llave de tuercas.

Intenté levantarme, pero mi pierna estaba destruida y mi sistema de coordinación era un fiasco. Era toda mi lucha, ya no me quedaba más que esperar a la policía y estar viva para mostrarles todas las evidencias.

—Eres una perra, igual que tu hermana —me tomó de un brazo y me levantó, dejándome apoyada en el marco de la ventana. Ya apenas tenía fuerzas para gritar o sollozar por el malestar que sentía—. ¿Quieres estar con ella? Yo me encargaré de que eso sea pronto —gritaba mientras escupía en mi cara—. Te irás al infierno junto a Katherine.

Solo podía llorar y lamentarme por permitir que este hombre entrara en nuestras vidas, por darle la oportunidad de que le hiciera daño a mi hermana, y por caer en su juego para que me hiriera.

Lo miré a los ojos, una fuerza entró a mi cuerpo y sentí que no podía dejar que arruinara mi vida, ni la de Jocelyn, ni la de mi madre.

—Creo que el infierno al que tú irás, Mauro, arde más fuerte.

Dio unas carcajadas y puso sus manos en mi cuello, comenzó a apretar con el objetivo de que me faltara la respiración.

—Violaste a muchas mujeres —logré decir con mi último aliento.

—Demasiadas —dijo con una sonrisa—, pero lejos, la mejor, fue Katherine —comenzó a reír, disfrutando mi agonía.

Deslicé mi mano hasta la ventana y logré quitarle el seguro para abrirla de par en par. Las cortinas se alborotaron por la extraña brisa y comenzaron a enredarse en la cabeza de Elías, en ese momento intente alejarme, pero él sujetó fuertemente mis brazos. El viento cambió su dirección y el cortinaje comenzó a arrastrarnos hacia la ventana. Jalé fuerte de mis extremidades, logrando librarme al fin de sus manos. Aun así, el hombre me buscó nuevamente para aferrarse a mí.

Me volví presa del pánico, no pensé en mis acciones, solo lo empujé y cayó hacia afuera por la ventana.

No escuché el sonido de su cuerpo contra el suelo y, cuando posé mis ojos en el tragaluz, solo vi las cortinas que aún seguían afuera. Ya no eran balanceadas por el viento, todo lo contrario, estaban tensas. Me incliné para observar qué había ocurrido, pero, antes de que lograra verlo, alguien me tomó entre sus brazos y ocultó mi rostro en su pecho.

—No lo veas —me susurró. Al escuchar su voz todo mi cuerpo se relajó y mis piernas se rindieron. Él soportó mi peso y se arrodilló para cobijarme y protegerme—. Ya estoy aquí, perdóname. Si yo...

Lo hice callar.

—Ya estás aquí, eso es lo que importa —logré susurrar—. Jocelyn está en la habitación, debe estar dormida, igual que mi madre. Hay que ayudarlas.

Daniel asintió y me presionó fuertemente contra su cuerpo. Sus dedos rozaron mi labio herido y lo escuché suspirar, como ahogando un gemido.

—Tranquila, ellas están a salvo —esas palabras me aliviaron y me hicieron sentir que todo lo que me había pasado, no fue en vano.

Escuché una sirena a lo lejos, la policía por fin había llegado. No pude contener las lágrimas. Ya se había acabado, todo había terminado.

Daniel me cubrió con su chaqueta y besó mi frente mientras acariciaba mi espalda y me mecía como a un bebé, el movimiento de vaivén logró relajarme un poco, hasta que entraron los policías y Daniel tuvo que alejarse.

Una mujer me trató por mi nombre y me preguntó si estaba bien. Asentí haciéndome la valiente, pero mi aspecto no era el mejor. Me tranquilizó informándome que venían más refuerzos en camino y que no debía temer, que ahora estaba a salvo.

—¿Natalie? —su chillona voz se entrecortó. Miré hacia la puerta y vi cómo Jocelyn me miraba con los ojos cubiertos de lágrimas. ¿Habría terminado el efecto de los sedantes o jamás se habrá dormido? Espero que lo primero.

Daniel la tomó entre sus brazos y la apartó de la horrible escena que no tenía por qué presenciar, era tan pequeña para tener que pasar por todo esto.

—Señorita Natalie, ¿puede ponerse de pie? Abajo hay una ambulancia que la trasladará al hospital para constatar lesiones.

Asentí comprendiendo todo lo que la mujer me decía, tomé la mano que me ofrecía como ayuda y logré levantarme unos cuantos centímetros antes de que un delgado hilo de sangre corriera por mi muslo. Tardé en procesar el motivo del sangrado, no sentía una fractura expuesta, ni tampoco heridas en mi piel.

La mujer me miró con tristeza y tomó su radiocomunicador.

—Necesito una camilla en el segundo piso, diles que tenemos una víctima de violación.

Cerré los ojos y traté de olvidar todo lo que había pasado, no asimilarlo, no aceptarlo. Mi blusa estaba sucia, mis pantalones en el suelo, mi sujetador desplazado de su lugar y mis pantaletas manchadas con sangre. Pero, aun así, no quise aceptar que había sido una más en su lista.

Me acomodaron con mucho cuidado en el tabladillo, me pusieron un soporte en la pierna derecha y cubrieron mi cuerpo con una sabanilla blanca. No dejé que me quitaran la chaqueta de Daniel, su olor me traía paz y tranquilidad, como si siguiera protegida entre sus brazos. Al salir de la habitación, un grupo de hombres con trajes blancos entraron rápidamente. En sus espaldas tenían escritas las iniciales del servicio médico legal, la institución que se encargaba de los cadáveres. También los siguieron algunos agentes de la policía de investigaciones, quienes pegaron cintas en la puerta y la cerraron para comenzar su procedimiento.

Dos personas elevaron la camilla y me bajaron lentamente para llevarme a la ambulancia.

—¡Naty! —escuché el grito de Jocelyn y sus pasos corriendo hacia mí.

Me senté rápidamente y les pedí a los paramédicos que se detuvieran para abrazar a mi hermana. Lloraba desconsoladamente, no dejaba de sollozar y de decir que lo sentía. Se aferró a mis brazos como si alguien nos fuera a separar y escondió su rostro en mi pecho.

—Tranquila, mi pequeña —tomé su rostro entre mis manos, sequé sus lágrimas con la sabanilla y besé su frente —ahora todo volverá a ser como antes —le sonreí.

—¿Lo prometes? —susurró.

Asentí y la abracé con fuerza. Traté de no llorar, pero no pude evitarlo. Jocelyn estaba a salvo, igual que mi madre, y Katy al fin podría descansar. Daniel se acercó a nosotras y tomó a Jocelyn para que me dejara ir.

—Ahora llevarán a Naty al hospital para curar sus heridas —le explicó con una sonrisa. Se inclinó para susurrarle algo al oído y ella salió corriendo escaleras arriba—. Tu madre aún está dormida. Los paramédicos le tomaron los signos vitales y se encuentra en perfectas condiciones, solo hay que esperar a que despierte.

Asentí agradecida. Una tranquilidad me inundó, sentí que ya no debía ser fuerte, ni valiente, ni luchar más. Respiré hondo y me dejé caer en la camilla.

Jocelyn volvió con un cuaderno en sus manos, Daniel le pidió que lo acomodara en mi regazo y le dijo que yo lo leería luego. Sonreí para confirmar lo que el hombre había dicho y acaricié la mejilla de Jocy antes de que la apartaran de mí.

Daniel se inclinó y besó mi frente delicadamente.

—Estoy seguro de que, al final, escribió algo para ti —susurró antes de apartarse y dejar que los paramédicos me llevaran a la ambulancia.

—Cuídalas —le grité y pude ver cómo asentía, antes de perderlo de vista.

Una vez dentro del vehículo, una joven de vestimenta azul me tomó algunos signos vitales y revisó algunas de mis heridas.

—Mi hermana… —susurré captando la atención de la chica— mi hermana quería ser enfermera —algunas lágrimas salieron de mis ojos sin que pudiera controlarlo.

Ella sonrió y secó mis mejillas con un pañuelo suave y de olor floral. Tomé el cuaderno de mi regazo y al ver su portada me di cuenta de que era el diario de Katy. Con mis últimas fuerzas, busqué el final de sus escritos y me encontré con aquella despedida que tanto había anhelado.

25 de marzo del 2016

Querida Natalie:

Debo decir adiós. Lamento que sea por este medio, y que no podamos vernos, abrazarnos y consolarnos, por una última vez.

Ya sabes cómo lloro en las despedidas y que nunca me salen todas las palabras que quiero decir, pero ahora que me lamento en silencio, puedo expresar todo lo que siento:

No pude tener mejor hermana que una gemela. Sentir que tu confidente, tu amiga, tu compañera era parte de ti fue una experiencia que agradezco con todo mi corazón. Quiero que sepas lo hermoso que fue sentir tu apoyo cuando más lo necesitaba, aunque estuviéramos lejos, ya que nuestra conexión rompe todas las barreras y nos permite estar cerca la una de la otra. Es por ello, que cuando yo no esté… debes saber que jamás te dejaré sola, siempre estaré apoyándote, protegiéndote y siendo feliz con tu felicidad.

Tú, mamá y Jocelyn son lo que más amo en esta vida, espero que algún día me disculpen y entiendan mi decisión. Y te pido que no permitas que nuestra hermanita me olvide, quiero que recuerde nuestros días juntas y lo felices que éramos. Ese es mi último deseo.

Te ama, Katherine.

Siempre estarás en mi corazón, Katy. En mis recuerdos, en mis momentos felices y, en la vida que empiezo ahora, disfrutaré cada segundo por ti. Jamás te olvidaré y tampoco permitiré que Jocelyn lo haga, ella siempre tendrá esa imagen tierna y alegre de ti. Te lo prometo.

El movimiento del agua se reflejaba en el techo de la piscina, las brillantes ondas se movían coordinadas entre ellas. El agua tapaba mis oídos y solo escuchaba un zumbido que no me era molesto. Luego de algunos minutos, nadé hacia las escaleras y me tomé con fuerza de las barandas para lograr salir del agua. Mi pierna aún estaba algo resentida por la fractura, pero al menos ya no debía usar esa fastidiosa muleta para caminar.

Me di una larga ducha con agua fría, el calor de diciembre se estaba haciendo presente y era fácil sofocarse con el agua tibia de la piscina temperada. Además, el frío me impedía pensar, eso era exactamente lo que necesitaba luego de todos los acontecimientos vividos. Elegí un vestuario cómodo, pero adecuado para mi visita al cementerio.

Cuando todo terminó, tuve que entregarle mi celular a la policía para que sustrajeran el audio como prueba de todo lo sucedido. Además, tuve que relatar los sucesos y cada detalle de ellos. Traté de no asimilar lo que había ocurrido, no quería considerarme una víctima de violación, pero describí tantas veces por lo que había pasado, que terminé aceptándolo y decidí esconderlo en lo más oscuro y lejano de mi cerebro. Finalmente, me declararon inocente por la muerte de Mauro Herrera Delgado y la Fiscalía me proporcionó un tratamiento psicológico, el cual cedí a mi madre para que superara todo lo ocurrido.

El diario de Katherine… siempre lo llevaba conmigo. Para mantener a Daniel al margen de todo esto, decidí no hablar de él con nadie, ni siquiera con mi abogado. Pero, pese a que leía sus cartas cada vez que podía, comencé a sentirme sola; ya no sentía esa conexión que en un comienzo me había mantenido atada a su diario. La extrañaba y su ausencia dolía como en un principio, cuando recién había muerto. Visitarla mitigaba el ardor que torturaba mi corazón y hablar en voz alta era como sacarse un peso de encima, de seguro ella me estaba escuchando. Cada domingo, antes de almorzar junto a Jocelyn y mi madre, dejaba flores en su tumba y le charlaba sobre mi semana.

—Hoy compré claveles rojos, tus favoritos —dejé las flores en uno de los jarrones que había comprado y me senté junto a la placa con su nombre—. Fue una semana extraña —comencé a relatar—. Maximiliano me dejó una carta bajo la puerta…

Saqué el papel del bolsillo, pensaba leerla, pero rápidamente me arrepentí.

—Dice que se enteró de todo lo ocurrido, que lo lamenta mucho y que comprende a la perfección que yo no quiera hablar —hice una pausa, estaba recordando el día en que encontré sus palabras en mi entrada—. Se ha ido —susurré —, y no estoy segura de cómo me siento. Max fue el amor de mi vida y cuando me ofreció volver a ser felices, no lo acepté y tampoco estoy triste por su decisión. Le proporcionaron un empleo en Canadá, es una oportunidad única y estoy feliz por él, pero me siento extraña por no sentir su vacío. Creo que al fin superé esa etapa de mi vida —reí por mi comentario. Besé mis dedos y rocé su nombre, luego toqué la K de mi cadena y sonreí al sentir su presencia conmigo—. Pronto será navidad y te extraño demasiado —mis ojos se llenaron de lágrimas—. La cena de nochebuena no será lo mismo sin tus duras galletas navideñas —me levanté y sequé mis lágrimas antes de que salieran—. No te preocupes, vendremos a visitarte el veinticinco, serás parte de nuestra celebración —miré la placa por última vez antes de marcharme.

Su silueta enfrente de mí me detuvo, estaba de pie observándome con una sonrisa pura y hermosa, había vida en ella. Quizás era el hecho de no haberlo visto por casi un mes, pero mi estómago se apretó y automáticamente embocé una sonrisa.

—¿Vienes a ver a Katherine?

—En realidad... esperaba encontrarme contigo —dejó un ramo de flores cerca de la placa y se le quedó mirando por algunos segundos.

—Jocelyn me contó que venías aquí con mucha frecuencia.

Reí recordando lo fácil que era hacer hablar a mi hermanita si le ofrecías un buen soborno.

—Si querías hablarme, podías tocar mi puerta.

—Bueno... siempre existía la posibilidad de que no me abrieras.

Negué con la cabeza mientras sonreía.

—¿Caminamos? —hizo un gesto para que yo me moviera primero.

Pese a que Daniel seguía tratando a Jocelyn, no nos habíamos visto desde que él testifico a mi favor en los tribunales, y apenas cruzamos un par de palabras. Cuando fui trasladada al hospital, me hizo algunas visitas y pidió disculpas por todo lo que había sucedido: por no creerme, por tratar de medicarme y dar un diagnóstico apresurado. Dijo que tenía miedo de ser el culpable de mi estado y que solo quería ayudar. Lo entendí, la enfermedad de Katy sí estaba en su genoma y lo más probable es que esté en el mío, quizás aún no ha sido activado o jamás lo será, la genética es un misterio. Así que comprendía el miedo que Daniel había sentido y decidí olvidar todo lo sucedido, y agradecerle por llegar cuando creí que nadie lo haría.

—Me creíste —le dije en esa ocasión—, al final, decidiste creerme. Eso es lo que importa.

Él sonrió de esa manera natural que tanto me gustaba y besó mi frente antes de marcharse. Desde entonces ha estado pendiente de mi familia e, indirectamente, de mí. Jocelyn me contaba cuando Daniel le preguntaba sobre su hermana.

Caminamos en silencio, sintiéndome cómoda en su compañía. Desde que lo conocí, había experimentado diferentes tipos de sentimientos, desde odio hasta cariño. Ahora, luego de todas las cosas que pasamos juntos, concebí una tranquilidad que me aligeraba. Por una vez, en mucho tiempo, no tuve que callar las voces en mi cabeza que recordaban ese día oscuro.

—¿Cómo está tu madre? —su voz estaba relajada, combinaba a la perfección con su rostro.

—Procesando todo lo ocurrido. Al menos ya no se culpa por la muerte de Katy ni por lo que me pasó.

Asintió, entendiendo lo que le contaba. De seguro había hablado con ella también.

—El cambio de casa le ha hecho bastante bien, pese a que la nueva es mucho más pequeña, es suficiente para ellas dos.

Aun así, fue difícil vender el lugar que guardaba todos nuestros recuerdos, pero fue lo mejor —esto último sonó como una afirmación para mí misma.

Llegamos a mi vehículo y nos detuvimos justo en la puerta del piloto.

—Son procesos difíciles, tomará tiempo para que puedan superarlos, pero son mujeres fuertes —sus palabras sinceras me sentaban bastante bien. Le di un fuerte abrazo y agradecí todo lo que había hecho por mi familia.

Abrí mi vehículo y saqué lo que había escondido en la guantera por tanto tiempo. Se lo cedí a Daniel sin decir nada, él me quedó mirando impresionado y preguntó si estaba segura. No quería deshacerme de él, eran las palabras de mi hermana, sus últimas palabras, pero leerlo una y otra vez ya no tenía ningún sentido, eso jamás me devolvería a Katherine.

—Creo que deberías quemarlo —susurré.

Daniel me miró sorprendido, lo tomó entre sus manos y suspiró.

—Tiene información que no juega a tu favor.

—Lo sé —su voz se quebró, bajó la mirada y se quedó pensativo.

—No te preocupes, nadie lo sabrá jamás. Nunca revelaré la existencia de ese diario, tu relación con Katherine y... lo que pasó entre nosotros.

De un momento a otro sus ojos se posaron en mí, ardieron en ese fuego que me provocaba cosquillas en el estómago.

Recordé aquella pregunta que aún no tenía respuesta, y quizás esa era la razón por la que estaba aquí. Necesitaba saberlo, lo carcomía por dentro, lo podía ver en su mirada, en su barba de una semana y en el jugueteo de sus dedos.

—Lo siento Daniel, no puedo ser tu sumisa —dije en seco.

Asintió, aceptando la respuesta. Sabía perfectamente que yo no cedería, menos en estas circunstancias, pero aun así su rostro se mostró decepcionado. Levantó su mano y acarició mi mejilla con la punta de sus dedos, cerré los ojos para disfrutar ese momento, estaba segura de que sería el último.

—Lamento no ser el hombre que necesitas ahora —susurró tan bajo que fue como si sus palabras fueran un murmullo del viento.

Sonreí intentando contener las lágrimas, me acerqué para besar su mejilla y sentir su aroma a perfume por última vez.

—Adiós, Daniel.

—Adiós, Natalie.

Me subí al coche y arranqué sin despegar la mirada del retrovisor, para mí era una despedida, estaba dispuesta a dejar todo eso atrás. Pero algo dentro de mí me decía que esto no terminaría así.

Desobediente

Epílogo

Siete con treinta...

La alarma me despertó como de costumbre, aquel sonido ya era parte de mi rutina, al igual que sentarme en la orilla de la cama y mover mi cabeza de un lado a otro para relajar los músculos del cuello.

Como cada mañana, me vestí con ropa deportiva y me encerré en la habitación que había destinado para eliminar todas mis tensiones. Envolví mis puños con una venda blanca, la apreté lo suficiente como para proteger mis nudillos y no exponer mis manos a alguna lesión por los reiterados golpes. Rocé el frío cuero que envolvía el saco de *box*, él me permitía liberar toda la ira acumulada a lo largo de veinticuatro horas; en las cuales escuchaba a pacientes con problemas mentales que ponían en duda la realidad, veía la sonrisa de una secretaría que todavía tiene esperanzas de conquistarme y los recuerdos que me torturan cada noche antes de dormir. Golpeé el saco con fuerza, produciendo un sonido que en cosa de segundos se volvió solo un eco, repetí el acto hasta que toda esa furia se evaporó transformándose en sudor. Me quité la camiseta y seguí golpeando, esta vez por lo encabronado que me tenía la respuesta de Natalie Bórquez; aquella chica que había envuelto mi cuerpo en llamas ardientes.

Una mujer sumisa tiene un patrón: es fácil de manipular, le gusta ser dominada por otro (en este caso, por un amo), espera la aprobación de los demás para tomar decisiones y jamás se cuestiona nada, por lo tanto, deja que elijan por ella. Siempre que buscaba a una sumisa, tenía en mente todas esas cualidades, sobre todo cuando una mujer llamaba mi atención. Pero con Natalie todo había sido diferente. Me causó curiosidad desde el primer momento en que la vi, pese a que sus mejillas estuvieran cubiertas de lágrimas y su corazón se encontraba roto por la pérdida de su hermana. Debo admitir que el parecido con Katherine me tomó por sorpresa, no me esperaba que tuvieran tal similitud, y quizás eso también me había cautivado. Aun así, no debí permitir que mi avidez incrementara al percatarme que Natalie no poseía ninguna de las características requeridas. Pero ya era demasiado tarde, mi deseo se transformó en una obsesión y no podía dejarla ir, pensaba en ella día y noche, se había vuelto un infierno.

Cuando se negó a ser mi sumisa una tormenta de emociones me torturaron. Intenté consolarme con el hecho de que la chica había pasado por un mal momento y que debía aceptarlo, pero luego de unos días eso ya no me mantenía tranquilo. La deseo, quiero poseerla, someterla, hacerla mía; lo necesito. Aún no lograba comprender por qué su desobediencia me mantenía obsesionado. Por lo general, a las mujeres que atraigo son de patrón sumiso, como si supieran que mi carácter es dominante. Ellas quieren ser sometidas y, por ello, jamás se niegan a ser mis sumisas. Pero luego apareció Natalie, y todo se fue a la mierda.

Mi respiración estaba acelerada y se entrecortaba al no lograr capturar el oxígeno suficiente. El saco de *box* estaba en un vaivén que no se detuvo hasta que lo rodeé con ambos brazos. Recuperé el aliento y bajé lentamente al primer piso para buscar agua fría.

Tomé una ducha que me permitió refrescar mi cuerpo, cada músculo, cada hueso. Pero, por muy fría que el agua estuviera, no podía apagar las llamas que me consumían por dentro, no hasta que Natalie fuera mía.

Los guardias del edificio me saludaron con la misma seriedad de siempre y levantaron la viga para que pudiera ingresar con mi vehículo.

Como todos los días, llegué cinco minutos antes que mi primer paciente. Saludé a Johana con una sonrisa y alzando la mano, ella asintió y dio una risita nerviosa; dos años trabajando juntos y todavía tiene la ilusión de una cita conmigo. La chica era guapa, no podía negarlo, y tenía un patrón sumiso, pero lamentablemente era mi secretaria y hacía un excelente trabajo, no quería despedirla por habérmela cogido una noche.

—¿Desea un café, doctor Ferrer? —dijo mientras caminaba detrás de mí.

—No, gracias —respondí en seco—. Cuando llegue mi cita de las nueve, hazla pasar —cerré la puerta a mi espalda y me acomodé en mi escritorio.

Busqué los antecedentes del paciente, leí la ficha clínica que yo mismo había escrito para recordar algunos detalles que eran fáciles de olvidar: medicamentos, dosis, últimos síntomas y recomendaciones entregadas en la sesión pasada. Así era con todos los usuarios, uno por uno los atendía de manera personalizada, haciendo memoria de sus problemas e intentando no confundirlos entre ellos. Algunos lloraban desconsoladamente, mientras que otros golpeaban los cojines del sofá para liberar la presión que sentían. Cada uno tenía una enfermedad mental que interrumpía sus actividades del diario vivir y los hacía sentirse inútiles, irreales o, explícitamente, locos. Era difícil escucharlos sin compararte con ellos. Al principio, cuando me especialicé en psiquiatría y abrí mi propia consulta, me cuestionaba mi cordura al relacionar algunos de sus síntomas con mis actitudes del diario vivir. Luego de un tiempo, aprendí que todos podíamos tener algún grado de locura y que no llegaría a nada más grave si no presentabas el resto de los síntomas. Pero, pese a todos los pacientes que había atendido, con una gran variedad de enfermedades, aún no encontraba a alguien con mi misma condición. A otro amo...

El día se pasaba rápido debido a la rutina. Algunas personas pensaban que tener las mismas actividades todos los días era aburrido, pero para mí era la forma de apagar las imágenes y voces que me torturaban cuando todo estaba en silencio y la soledad me acompañaba.

Mi última sesión del día correspondía a un paciente nuevo. Odiaba tener que rellenar la ficha y establecer una relación de confianza para que comenzaran a relatar sus experiencias, prefería a los pacientes antiguos que ya conocía.

Le pedí a Johana que hiciera pasar a la usuaria mientras yo leía los síntomas que mi secretaria había anotado según lo verbalizado por la chica: Stephanie Labbé, veintisiete años, con antecedentes de depresión juvenil; a los dieciséis años sufrió una crisis y desde entonces consume antidepresivos. Últimamente siente que su vida no vale nada y tiene ideaciones suicidas, presenta cortes superficiales en sus brazos y asiste sola a la consulta.

La puerta se abrió y una mujer de cabello negro, labios rojos y curvas acentuadas ingreso a mi consulta.

—¿Stephanie? —pregunté como de costumbre.

—Sí —dijo tímida.

—Toma asiento —señalé el sofá que se encontraba en frente.

Tomé la ficha, un lápiz y la fuente de caramelos que ofrecía como cortesía. Me senté frente a ella y esperé a que posara sus ojos en mí para comenzar la sesión, pero entonces lo vi; esa mirada, esa respiración, ese jugueteo con sus manos... Ella era una sumisa.

Carolina T. Perinetti

285